余山有白 著

北京联合出版公司
Beijing United Publishing Co., Ltd.

图书在版编目（CIP）数据

偏财 / 余山有白著 . –– 北京 : 北京联合出版公司，
2024.4

ISBN 978-7-5596-7533-0

Ⅰ . ①偏… Ⅱ . ①余… Ⅲ . ①长篇小说—中国—当代
Ⅳ . ① I247.5

中国国家版本馆 CIP 数据核字（2024）第 063442 号

偏财

作　　者：余山有白
出 品 人：赵红仕
选题策划：雁北堂（北京）文化传媒有限公司
责任编辑：徐　鹏
特约策划：冯子宁
特约编辑：樊效桢
封面设计：胡十二
版式设计：笠　间

北京联合出版公司出版
（北京市西城区德外大街 83 号楼 9 层　100088）
河北文盛印刷有限公司印刷　新华书店经销
字数 200 千字　880 毫米 × 1230 毫米　1/32　9 印张
2024 年 4 月第 1 版　2024 年 4 月第 1 次印刷
ISBN 978-7-5596-7533-0
定价：52.00 元

天井楼的命运与人一样，

从出生开始便是被动的、带契机的、再被动的。

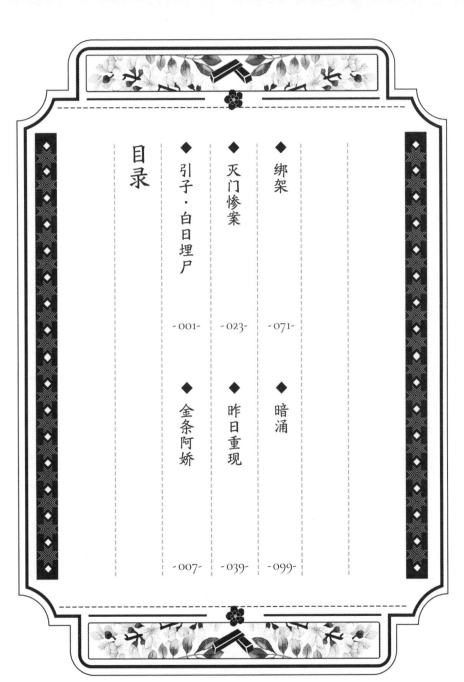

目录

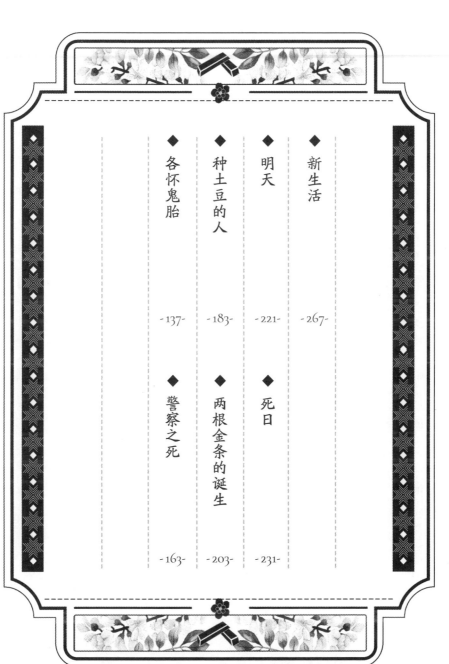

引子

白日埋尸

这是个容易将大鸟误认作轰炸机的乱年头，

人的心和脚下的田都是没主儿的。

这是个容易将大鸟误认作轰炸机的乱年头，人的心和脚下的田都是没主儿的。

　　又听说省长连任的势头不好，最终大约是要去西洋买岛种菠萝的，于是田中老农们的锄头，挥得也没什么具体的章法了。

　　当然，老农们也不是真热心于省长或省长的菠萝，要是家家锅里有肉有米，谁还管他妈的省长与省长的菠萝呢？

　　田里的土被老农的锄头扬了起来，带出了一股人粪味儿。插冬小麦的老农们双眼生了脚，蹚着人粪味儿的尘土，跳去了田垄另一侧的脸生汉那儿。

　　原来那块荒田，有主儿啊？

　　老农们开始庆幸，还好自己早前没动手霸占那块荒田，不然花了时间、气力，乃至占旁人便宜时所需的勇气与脸皮，到了，倒白白帮那脸生汉开了荒。

　　初生的与将死的，是最具勇气的两批人，老农们自然都不在其中。那脸生汉又长得那样壮，那样像牲口，老农们哪儿敢在他跟前仰起下巴、顶出一侧的胯，不认自己在他田里开荒的力气要白出呢？

老鸨胖了。

生活的不如意与欠舒畅，全都体现在了他的腮上、肚子上与后脖颈的肉枕头上。这叫他远远看着像四根油条提着个油篓。因此，他的脸就像是刚出锅的油包子。

他愁眉不展，脑门外全是汗，脑门里全是官司，九指下的铁锹挥得他浑身向外渗着愤与躁。

他的脚边放着个麻袋，脚边的土地已经被浸出了个人形的红圈儿。

麻袋里的人，已经真情实意地被杀了，可还是阔绰地往外涌着血。

老鸨想不明白，一具死透了的尸体里，为什么还能涌出这样活泼的血？

还好这处的田垄这样高，还好老鸨白日里埋尸还能埋得那样光明无畏与理直气壮。

不然田垄那一侧的老农们，可就真要瞧出老鸨脚下的这块荒田不是他的，他也不是回来开荒的田主或佃农。他只是移尸途中力气耗尽，临时找了个方便"卸货"的地点埋尸。

老农们挥着锄头，埋下了生。老鸨挥着铁锹，埋下了死。但两方的目的却是一样的，都是为了活下去。

在这样一致的目的与愿景之下，他们挥舞的热情此起彼伏，他们互不相看，却又暗中互相鼓舞打气。即便田垄两侧的麦苗与土豆苗，并不那样相得益彰——老鸹不晓得，这个时节并不适宜种土豆，种下的土豆苗根茎大抵是要腐烂的，却足够叫种下它们的人都安了心。

等到太阳西沉，老农插好了麦苗，老鸹也盖完了土豆苗。

如今现场只剩下老鸹了。

他听见隔壁的麦苗伸出手、顶出头、破了土，咯咯咯地疯长。

这声音令他心里有了生机，带得他一下子也年轻了不少。

他又听见土豆苗的脚踏在那具仍在冒血的尸体上，伸出手、顶出头、破了土，咯咯咯地疯长。

这声音令他摇摇头，宁愿自己聋了。

那人被杀，意外且突然，并不是老鸹深思熟虑与运筹帷幄的成果。因此，即便如今那人已成了肥料，老鸹还是缓不过劲儿。

作移尸用的粪车还在田埂前头。老鸹拍了拍短打上的灰，走上了田埂。

这时，一只大鸟飞了上来。

老鸹的鼻尖指向了天，眼睛追着那只大鸟，流下了泪。他觉得自己的青春与快活都成了羽翼，全给插在了大鸟身上，一去不复返了！

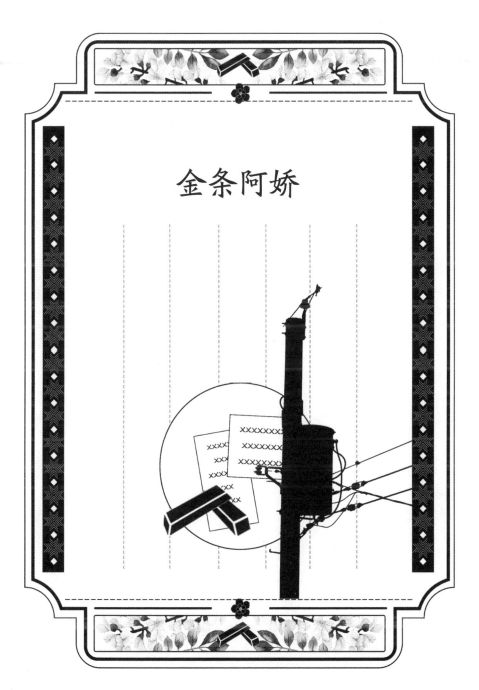

金条阿娇

他怅然于天地之间，他一江烟波起！

他浑水摸鱼，他趁火打劫，他得两根金条！

只是金条似阿娇 ——

老鸨的命，介于好与不好之间。也就是说，老鸨的命与普通人无异，多舛全赖八字不好，命星也不争气，面相更无起色。所以他乡下的小脚娘，早早就请瞎眼老人给他批改过紫微，以此力挽狂澜。

瞎眼老人到底有没有准头儿，小脚娘从未怀疑过。一个人都又老又瞎了，还能没准头儿？又老又瞎就是准头儿，错不了！

这准头儿力挽得老鸨半生都像缺水的土豆苗，时常要歪倒，但歪倒前又能腰茎一抖再一扭，嘿！又挺起来了。

说起来，老鸨年轻时也曾诗情画意过，甚而登过报。他那时才从乡下来到城市，怀里抱着诗情画意，一剑霜寒十四州。他那时是真觉着城里好，连臭虫都是双眼皮儿的，裤头儿上的补丁都有花样儿！

以至于后来，他的诗情画意统统被人拿去包了金条、银元、铜钱，甚而擦了大腚。

老鸨年轻时也有过爱情，他那时还不信诗情画意其实并不能将爱情八抬大轿抬进屋里，再闹洞房。

以至于后来，他被人摁在地上，剁了两颗卵蛋。

失去了两腿之间的鲜衣怒马后，老鸨又在赌桌上找到了新生。

他认定自己参与赌博后财银尽散，并不是因为自己参与了赌博，而是自己八字不好，命星不争气，面相无起色，该遭天谴的瞎眼老人也并无准头儿，以至于批改过的紫微也毫无改进。

如果自己像同赌桌的其他赌徒一样，拥有足够支持自己峰回路转的丰厚家底，自己就绝不会在赌桌上财银尽散！

以至于后来，他因还不上赌债，又被人摁在地上剁掉了一根手指头。

神明待青壮年时期的动物还是仁厚的，其赏赐青壮年动物的过剩勇气与不经脑子，总归是限时的，是过时不候的。身上零配件越活越少的老鸨，整个身子和心都轻了，人也顿悟了：

生存，远比柳岸明月与松间清风重要。

自此，老鸨认定自己已经仙逝的小脚娘才是准头儿。要不是小脚娘先前逼他跟家养的小脚婆生了个儿子，他这会儿都绝八代了！

可这传代儿子与老鸨却并不亲近。他们父子的关系就像苍蝇与鸡屎的关系，谁也管不了谁。

谁不知道一个父亲对自己儿子最大的孝道，就是给儿子拉账单？

老鸨那源源不断的赌债，可都是他那个不知道是文曲星还是扫把星的鸡屎儿子在肝脑涂地地还着呢！这叫老鸨每每与鸡屎儿子眼儿碰眼儿时，他这个做父亲的，都只能搭讪似的对鸡屎儿子腼腆一笑。

鸡屎儿子不贴心也就罢了，就连老鸨养的那些妓女也不争气，根本替他赚不来钱！

旁人做梦，梦的都是添丁发财、家业兴旺，只有老鸨梦见自己生意红火，还整宿整宿地给手下的妓女娘娘们洗裤头儿与丝袜。

这些困苦早已在老鸨心里缠得密密麻麻，久久不得解。它们像猫爪一样，将老鸨的心挠成了一件旧毛线衣。上边明明满是线头儿，老鸨却哪根线头儿都不敢拽。一拽就拖家带口，一溃千里。

日子都过得这样不是个样儿了，如今他手上又沾上了一桩命案！

不成了！

心窝子又冷又热的老鸨认定自己害了病，那得赶紧去看病啊！

老鸨这人很有求生的欲望，就是哪天身子掉下楼去，他两颗眼珠子都能替他扒着屋瓦栏杆的。

医馆的老中医搭着老鸨的脉。

号对脉、号错脉，都没像今天这样号不出脉，叫老中医羞涩与忧惧。

这位病人长得那样壮、那样像牲口，刚刚还将老中医案桌上的钢笔，挺亲热地塞进了自己的短打兜儿里。这就不是个好人样儿嘛！

这叫他怎么安心凭灵感开个方子，再叫这位病人去药房抓几服药！

为避免让这不是好人样儿的病人瞧出自己号不出脉，是学艺不精所致，老中医已将自己的胡子捻断了几根——他想通过用心与思考，帮自己逃脱潜在的一顿打。挨打，他有经验。

老鸹却因老中医过分的用心与思考，而顾影自怜起来。

老鸹抓着老中医的袖子："在家不瞒父母，看医不瞒大夫。大夫，我最近老觉着背上像驮着块棺材板儿。我这是，害大病了？"

老中医胡子又捋断了几根，脑一热，心一横："您，可能，湿气大？"

老鸹："你他妈——"

一离了医馆，老鸹立即去菜市场抓了两味药：薏米与苦瓜。

在自己不擅长的领域，老鸹还是听劝的。

老鸹与老中医都不晓得，老鸹患的病，其实是"郁症心病"，祛湿气的薏米与苦瓜，根本药不对症。

且按老鸹眼下的病症，及他新背上的人命，与已有的三万赌债来看，得是一定量的钞票、银元、象牙、烟土、元宝、金条做的药引子，才能医好他这种程度的心病。

永隆头油厂里刷广告的员工，是拎了整一桶的糯米糨糊上的街，好叫自家的头油广告粘住电线杆与路人的眼。

等永隆头油厂的员工去找下一根电线杆，嘉宝拍卖行的广告立即就给永隆头油的广告当起了大衣。

认字儿的路人由是晓得了，南宋李唐的《万壑松风图》，经嘉宝拍卖行的拍卖师之手，被拍卖出了"一百万"的天价。

老鸹拎着两袋候补的药引，恶犬一般占着电线杆。

由这张广告，他晓得的是，自己那个鸡屎儿子仿造的《万壑松风图》，经嘉宝拍卖行的拍卖师之手，被拍卖出了"一百万"的天价！

等到嘉宝拍卖行的员工去找下下根电线杆，三猫香烟的员工才款款登场，糊上自家的广告，来给嘉宝拍卖行的广告当大衣。

一根层层叠叠铺满广告、远看好似纸糊的电线杆，是微缩的整个商行的战场。路过的行人都是潜在客户，他们被动入了战局，拼的是双眼的捕捉力。但老鸹往常只在天井楼与赌场两者之间深居简出。出了，他也是或目空一切或睺眉夺眼，以至于他对电线杆广告的捕捉力，不尽如人意。

倘若不是三猫香烟的员工今天吃坏了肚子，姗姗来迟拖慢了覆盖别人家广告的手脚，老鸹怕是永远也不知道嘉宝拍卖行，竟然如此生意兴隆，也将会被嘉宝拍卖行的拍卖师坑蒙到永恒了——能拍出百万价值的假货，老鸹这个假货货源的亲生父亲，却次次只能从拍卖师那儿分得五千，或五千不到！

倘若拍卖师的指头缝儿肯漏一漏，给他一个公道价，那三万的赌债他早还上了！他甚而都已有了在赌桌上峰回路转的本金！那他还当什么孝顺爸爸？

老鸹的愤怒如山洪一般，从山顶一路冲泻下来。只有等他回了天井楼捶死那个拍卖师，才能堵住这股洪流！

然而这三万赌债的债主可看不着、管不着老鸹心头那股卷着断木和碎石的洪流。债主已下了决心，倘若老鸹今天还是还不上那三万赌债，他就卸老鸹一条腿，送去金华！

债主带着两个驹子，冲向了电线杆下的老鸹。光天化日、凶神恶煞、心诚则灵！

经过一场卓绝巷战，两个驹子面上姹紫嫣红地开满了花，战战兢兢跪在巷内，去捡散了一地的薏米仁儿。

债主则以双膝站在老鸹跟前，挨着老鸹手里苦瓜的打。苦瓜声越响，驹子的薏米仁儿就捡得越具备虔诚与速度。

债主仰望着老鸹，眼中饱含热泪，与温良恭俭让。

——日他妈！这牲口怎么长得这样壮？

眼下，壮如牲口的老鸹挥着苦瓜，仿若手持方天画戟的吕布："背后刀人？你下贱哪！"

债主将头磕得震天响："贱？那是肯定有点儿了！哥，大家都不是良民，我们也不光打家劫舍，今天这就是正常的办公流程。哎哎哎，轻点儿抽。哥，那您说，三万赌债，什么时候抽空儿还一下呢？都一个月了，铁杵做的耐心都磨成针了哈。"

老鸹："月底。"

债主："月底要还不上呢？"

老鸹："那你就剁我三根手指头！"

乱年头里的人，真忙啊，有人上战场杀敌，有人上赌场摸牌。

打发走债主，老鸹就拎着各剩半袋的薏米与苦瓜进了赌场。他比往常任何时候都需要钱还赌债。

债主不是泥捏的，不是菩萨化作的，不该将之逼急的。老鸹也怪自己刚刚拿债主撒气太过。他晓得的，到了月底自己要还不上那三万，那就不是半袋子薏米、苦瓜能解决的。挨剁，他有经验！

在赌桌上，你可以彻底瞧清老鸨的一双手，除了指头数量不对，还真称得上漂亮。指甲缝儿里头也干净、清白，像是绝不给罪恶留余地。

光瞧他的这双手，你绝瞧不出他这个人的底细。就好像他打架、发疯时，是换了旁的坏人的一双手。

等老鸨再出赌场时，他随身携带的物品还是各剩半袋的薏米与苦瓜，贴身衣物剩的是一条裤头儿，以及一件新添的、十万赌债做的大衣。

路边的瞧热闹，与老鸨背负的赌债一样，越滚越大。他比华容道上的曹操还风雨飘摇，只想赶紧回天井楼。那里是他与鸡屎儿子的窝，也是可供他打家劫舍的场所。

人越在高位，或越陷危局，就越容易拜点儿什么，以宽慰自己那颗悬在中间、不上不下的心。

老鸨这会儿虔诚祈祷神明，愿神明保佑天井楼里的破落邻居们，保佑有那么一个、两个的邻居，其实一直在默默争气，默默将钞票、银元、象牙、烟土、元宝、金条，养在闺中人不知，以提供给他暗夜打劫。

此时，老鸨并无法想到，如今的天井楼，还真有供他打劫的余地——天井楼里才被人藏了金条，还是足足的两根！

天井楼的命运与人一样，从出生开始便是被动的、带契机的、再被动的。

它的前身之一，是一座土地庙。

可乱年头里，土地爷爷的道行，既保佑不了一方土地，也保不了自身，以至于百姓们也不再专一。百姓家里摆的与心头放的，那是佛祖、真主、天主，全都来啊！

谁管神明是打哪儿来的？能给办事儿不就成了！

正是因为这段时期各方神明百家争鸣，不带任何驯化天职的天井楼，才在这片土地上拔地而起。

这是一座三面的三层老楼。它破旧昏暗得那样心安理得、与生俱来，仿佛它的脸上就刻着"不争气"三个字。

三面三层的天井楼里，镶嵌着百十来号居民，他们都是来自社会各界的"精英人士"：

有当老鸨的、有当妓女的、有当嫖客的、有当造假画家的、有当警察的、有当小偷的、有当拍卖师的、有当家庭主妇的、有当别人儿子的、有当和尚的，还有当死鬼的……

说到这位当死鬼的，老鸨曾担心被自己埋进土里养土豆的那位死鬼邻居"无故失踪"，会引起天井楼里其他居民的疑心。但他转念一想，天井楼里的居民在"危机"面前，一向钟爱和平与自保。他们宁看拉屎，不看打架。

有个邻居无故失踪，他们未必就会发觉，发觉也未必就会疑心，疑心也未必就会热心，热心也未必就会坚持，坚持也未必就能发觉真相。

而跟"危机"无关的、寻常邻里间基础的相处秩序与流程，在天井楼里倒还是通用的。

譬如，今天天井楼里的这家因什么遭了难、那家为什么蒙了羞，那么，下一刻就该由这家、那家的邻居们，从四面八方知晓了这家怕遭了难、那家恐蒙了羞，随后，就得是遭了难、蒙了羞的这家、那家中能话事的人走出家门，向邻居们交代自己家遭的是什么难，蒙的是什么羞。

只有走了这一套流程，邻居们才会认准遭难、蒙羞的这家、那家是合格的邻居。

倘若有哪家不肯将自家的"难"与"羞"拿出来晾晒，那邻居们就不大开心，觉得你们家做邻居太不尽职了。他们会倚在自家的门框上嗑瓜子，盯着你家的门，盯得你对自己的不肯交代，愧疚难当、无地自容。

倘若都这样了，你还是要将自家的"难"与"羞"关在门牙里，那么邻居们也就彻底死心了，绝不会再为难你了。

他们会自行聚到一处，将各自从各处搜集来的讯息，进行整合、筛选、想象、编排、重组、斟酌、再重组、再编排，直至定调"真是这么回事儿啊""那多丢人啊""怪不得他们家不肯说"。

天井楼里的人就这样冷漠、多疑地热闹着，任由他家的骂声热闹进你家，你家的泔水热闹进他家。

拍卖师一家就浸渍在这样的热闹里，业已被腌入味儿，风味十足。

带着太太与病儿子一直住在天井楼，是拍卖师一人的决断。

他自认这决断天衣无缝，毕竟天井楼是一处穷得十里飘香的居所，那就不会有人能闻到他因犯下种种罪行而骤然间财源滚滚的富足味儿。

拍卖师家住在二楼，同警察与小偷等人做了邻居，与住在三楼的老鸨较为相熟。

拍卖师这个人作为邻居，不算大方，却很细致。他与你聊天，会散给你炒米吃，但都是几粒几粒地散。以至于如今天井楼还愿意登他家门的邻居，就只剩与他有些勾当的老鸨。

这正如了他的意。

他早就晓得的，邻居与夜猫子是一样的动物，都是无事不来的。躲事儿，他有经验！

拍卖师这个人作为下属，不算称职，却很知心。行长问他什么，他未掌握，也绝不会真就说自己未掌握。哪怕瞎编、哪怕造谣，他也一定要确保，行长最终是能从自己这里得到一个答案的。以至于拍卖行的同事或曾扒过他的裤子，骂过他，或曾扒了自己的裤子堵到他们家门上，骂过他。

这就不如他的意了。

好在他早就晓得，邻居与同事是一样的，都是隔年的皇历——不顶用了！不到有求于人的那步，自己绝不必与他们情深似海！

拍卖师这个人作为丈夫、父亲，则是大方与尽职的。太太骂人像天上劈下的雷，他便以自己对太太的爱情，为自己的耳朵戴上了避雷针。他从不与正在发怒的太太协商、对话。他早晓得一旦在这时协商了、对话了，就是顶风作案，那样会叫他吃进肚里的爆肚儿不消化。他也舍不得病儿子的脸上挂泪珠，病儿子夜里两点要吃豆汁儿，他能怎么办呢？他都已经天生长了两条腿了，只能跑起来去给病儿子买吧！

倘若不是铁了心想养好太太与病儿子，他大概还得不着那两根金条！

他从穷得丝网捞鱼秧，不得不拖家带口住进天井楼，到拼出两根金条的家底，依旧不得不拖家带口住在天井楼，全仰赖他对同类的残忍，及他肯用心钻研如何算计、克扣楼上的假货出品人——老鸨。

可倘若，他在拍卖行工作多年的经验与智慧，不足以帮助他将老鸨儿子画的赝品，掺进嘉宝拍卖行众多真迹拍品中，再由他自己落槌拍出，那么老鸨连被他算计、克扣的资格都不具有！

沦落进各大拍卖行的真迹古董，全都源自古老神人之手，它们可是当世达官贵人的心头爱！

达官贵人们能有这样的心头爱，实在是太有长进。你想啊，倘若达官贵人的心头爱是飞机、大炮与轮船，那么拍卖师就算再有心，也绝无给达官贵人们当场槌出个飞机、大炮与轮船来的生产力！

占尽天时、地利与人和的拍卖师，就是这样一下子通透起来的。

他晓得了，人活一世，想有起色，那就得立志做自己的丞相与护国大将军与户部尚书！自己才是自己财富的最大功臣！

他怅然于天地之间，他一江烟波起！

他浑水摸鱼，他趁火打劫，他得两根金条！

他的良心睡在病儿子的小床上，离他自己远远的。

此刻，拍卖师家中门窗紧闭，窗帘像是怕自家屋子害羞似的，全力替它遮掩着。屋里的灯，像中年人的志气，时亮，时不亮。

拍卖师稳坐家中，亲热地看着手里的两根金条。他与两根金条，你蹭蹭我，我蹭蹭你，就像英雄遇到了好汉，互相爱怜与尊敬。

两根金条，一根是老鸨替他先赚来的。另外一根又是谁替他后赚来的，他不能说！

两根金条，一根在他左手里，一根在他右手里。他将两根远远地分开，生怕先赚来的那根，要撕咬、追杀后赚来的这根。

他眼带柔荑地一层层剥开两根金条的外衣，想看清楚这两根招人疼爱的金条，真身是什么。

哦！是吃饱、是底气、是告别窝囊、是扬眉吐气啊！

此刻，太太便穿着扬眉吐气的新旗袍，在屋里陪病儿子玩儿玩具车。

为免暴露财富与罪行，太太身上的这件旗袍，是绝出不去这间屋子的门的。拍卖师过一会儿就会像做旧老鸨送来的那些画一样，往这件旗袍上浇些药水，令它一下子老去五十、一百岁。

那又如何呢？并不可惜的。亲手毁掉这样一件价值不菲的旗袍，与亲手买下这样一件价值不菲的旗袍，一样叫人痛快、自在、得劲儿！

这都是家中两根金条给的底气！

只是金条似阿娇，它能给你底气，自然也能给旁人底气。它招你疼爱，自然也招旁人疼爱。还是得叫这阿娇不见天日地藏起来才好！

藏哪儿呢？

拍卖师愁得像只护蛋的鸡，赶忙从病儿子身边借来了旗袍太太，想与旗袍太太请旨。

太太有能空口白牙将人骂化掉的聪明才智，上阵杀敌都不在话下，眼下的藏娇难题又算什么！

只是太太今天太高兴，骂人的嘴与聪慧的心全给新旗袍占住了，腾不出智慧来："你脑里漂拖鞋哎！想什么呢？两根金条赶紧存银行哎！整个天井楼就咱们家有金条，那金条就不能再往咱们家里藏！"

拍卖师自然不敢与太太顶嘴，只得循循善诱："开银行的可是咱们省长的连桥！省长要是连任不了，去了西洋，那咱们这两根金条，到时候能给省长买几棵菠萝苗啊，太太？"

太太不耐烦了，她的耐心并不比为连任选举而发愁的省长多："那怎么好？咱们一家三口跟这两根金条这样好、这样有感情、这样分不开的呀？那就把金条藏家里！真有人追究的时候，咱们就上交一根金条，给当官的当惊堂木！留下一根金条，咱们一家三口过日子也够哎！"

献出一根金条保命？

拍卖师平时下雨打不打伞，都要前来请教太太。可在这件事儿上，从此时此刻开始，他已经永恒地不乐意了。不幸的是，他又心爱太太，于是他还得怀揣逆子之心，再来糊弄、敷衍太太。

拍卖师："太太圣明！太太万岁！太太，金条藏哪里才能叫人意想不到呢？"

病儿子踏着玩具车冲去了窗台，车轮绞带起一片窗帘角儿，现出了老鸨立在窗外的脸。等拍卖师发觉家里的窗帘失职时，老鸨的脸早回了天井楼三楼的家里。

天井楼下的公鸡两爪刨地，卜了个叛逆的六爻卦。

这楼里的拍卖师一家，都要死于今夜了，咯咯哒！

倘若那只公鸡，能在这时飞进拍卖师的心窝子，那么，拍卖师大约就能及时晓得，老鸨已向路边的电线杆打听到，在他二人制假、售假的交易过程中，拍卖师将他克扣成了个新晋奴才的事实。而且啊，新晋奴才刚刚还窥见了拍卖师家中，藏有两根招人疼爱的金条阿娇！

倘若真是如此，那么拍卖师一定会在今晚与老鸨再次展开的交涉中，为老鸨做成一个大方、知心的邻居，而暂时不再以欺骗与剥削，激出老鸨的那颗杀心了。

可这只公鸡已因日月频繁东升西落，具有神性了。世间的一切物什一旦具有了神性，也就看开了、看淡了，不大爱在旁的物什上显出热心了。

神性公鸡就这么心安理得地将头插进翅膀里，睡了。

于是，拍卖师一家全都要死，就是今晚！

灭门惨案

你要晓得，

攒祸事与攒志气一样，是会叫人越攒越能干下大事儿的。

天井楼的楼梯总给人还能挤出油水的错觉。它的脏是厚实与苗壮的，是油里裹着灰，灰里裹着油，缠绕纠葛、生生不息的。

　　好在如今已经秋赶夏了，倘若还是天气闷热潮湿时，它得比司令藏在别馆里的姨太太还黏人，还不肯撒手。

　　许是与老鸹已处出情谊，它极力动员油灰们再用心些，赶紧胶粘住老鸹的鞋底儿，好叫老鸹行动不便，少走动。

　　你要晓得，但凡老鸹肯少走动，他也不至于在外挨了那样多的剁，攒下那样多的祸事。

　　你要晓得，老鸹已经肢体不全、欠下还不上的赌债、沾上不清不楚的命案、患上瞬息万变的郁症心病了。

　　你要晓得，攒祸事与攒志气一样，是会叫人越攒越能干下大事儿的。而老鸹还能干下的更大祸事，该就只剩组织造反了。

　　这是怎么样都不能叫他走成、做成的！

　　可老鸹的鞋底儿还是从楼梯上的油灰里挣脱了，他领着鸡屎儿子创造的韩干《牧马图》，要下二楼去找拍卖师。

凭良心说，老鸨并不是天生天养的刽子手，在电线杆前那股要捶死拍卖师的怒气，已在现实面前另改了河道冲泻下来。这令他正处于劝住了自己与没能劝住之间。也就是说，现在他的心中，是为拍卖师半亮着一盏灯的。

之前的三万赌债，老而风干。新添的十万赌债，鲜而水灵。

但赌债嘛，无论鲜老，一律风采逼人，一律是老鸨哪怕杀人越货也要在月底还上的——真挨了剁，只剩了六根指头，可就不好抓牌了啊！

已是月中，穷人若能光凭勤奋勉励如期赚取十三万，瘸子都能登天。好在老鸨生来面上就黥了"穷"与"懒"，他早晓得自己一旦勤奋勉励，就会得失心疯。所以为了自己的身心健康，他只能再去找拍卖师交涉一桩制假、售假的老交易。

李唐的《万壑松风图》能拍出一百万，韩干的《牧马图》不至于就小鬼见了佛——矮一截吧？一百万肯定也是能拍出的吧？

虽说是你拍卖师花了心力，将那些假货掺进嘉宝拍卖行的，可他老鸨也不是空手去套的白狼啊！他那个鸡屎儿子可是花了心力在造假上的！

没有造假，能有售假？

没有售假，能有你将达官贵人槌成冤大头与百万的钱财来？

倘若你还要深究那些被拍出高价的假画，并不是他老鸨创造的，那么，造假画的鸡屎儿子，总是他老鸨创造的吧？他老鸨还是问心无愧的。

人在底气不足时，是最擅长说服自己的。加之赌债当前，有钱的却不是自己，老鸨还得另下决心度化自己：

做人、做事，待人、待事实则是该宽容、退让一些的，更该将之前的"被克扣"，先放置一边的。

天底下做生意、谈买卖的，都是存在"克扣"的。

哪个"给钱的"不愿"干活儿的"鞠躬尽瘁，累死疆场？

拍卖师克扣了老鸨，他老鸨就没克扣自己手下的妓女？人都一个样儿！

妓女们只想营生，接济家中不争气的父亲、兄弟或儿子。省长合该为她们请封猛虎上将、诰命夫人才对！可她们没被封作猛虎上将、诰命夫人，她们还被老鸨克扣了，她们才是真的惨啊。

但老鸨又觉着妓女们的惨与自己的惨，还是不同的。

妓女们拿出做猛虎上将的精神出来做工，再怎样被他克扣，也不至于伤筋动骨，丢掉三根手指。

而他自己呢，他正欠着价值三根手指的赌债呢！三根手指啊！老鸨下定决心，此次绝不能再被拍卖师克扣。再被克扣，自己一只手上就只剩一根大拇哥了，那成什么了？

总之，今晚不论前尘，老鸨只尽力与拍卖师交涉出个十三万。哪怕交涉出个二十万，也是合情合理与彰显宽容大度、不计前嫌的！

就算拍卖师再以拍卖行行长已拿去大头儿为由，施以推阻，只给到他两万、三万，老鸨也是可以点头认领了的。

老鸨自认是一名恪尽职守的赌徒，他坚信自己哪怕以两万不到的本金，也足以在赌桌上赢回那十三万的赌债，保住自己的三根手指。

可倘若拍卖师今晚再以廉价打发他，那么老鸨就再无法包庇他了。

届时，老鸨就要将拍卖师当黄瓜拍开来、揉碎了细问了，问他藏于家中的那两根金条，到底是怎么孕育出来的。怕都是他老鸨与他的鸡屎儿子立下的汗马功劳吧？

不给二十万、十三万，那就给根金条吧！

二十万不给？十三万不给？金条不给？两三万也不给？那老子就杀了你全家！老子巴不得你什么都不愿给，那老子才杀得尽兴！杀了你全家，两根金条老子全带走！

老鸨就这么想着、算着，又回头取来那把埋过尸体的铁锨，再将自己子弹一般射去了二楼拍卖师家门口。

到了门口，老鸨先将手里的铁锨安放在门口，以防真闹翻了，自己没有称手的凶器做下文。

这会儿是天井楼最不显破落的时候。

此时，妓女们还在接客；小偷在踩点儿；女人在骂孩子，孩子骂不通透，又去骂男人，骂完男人去做饭，再借锅碗瓢盆的不顶用，转而接着骂孩子与男人；退居台后的老旦郁郁不得志，挑着眉、抖着手，点着压箱底儿的神仙膏，点着了，吸一口，再舒适、没魂儿地"吁"出郁郁不得志来；和尚在念经；孝顺半满不满的孙子正与父亲商议，趁天还没透彻地凉，今晚就将瘫痪的太爷拖出去遗弃，真等天凉透了，太爷怕就得即刻冻死在外边了……

这会儿，天井楼里的居民都在忙，忙着自己的正式日子与非正式阴谋。

因为大家都在忙，也就分不出神去发觉，老鸨这会儿已抱着那幅赝品《牧马图》，坐进了拍卖师的家。

老鸨那样壮、那样像牲口，端坐的上半截身子，已有大半边溢出了拍卖师家的沙发。

这张老藤沙发足以显示自家主人的小气，并不比寻常马桶大多少。这就叫老鸨想客气客气，将自己溢出的身子往沙发里收一收，都不成。

老鸨的两只眼睛像打扫古战场一般，将拍卖师家上下里外的沉沙折戟都搜罗了个遍：

缺腿儿的茶几、掉瓷儿的痰盂、烧火的炭炉、发黄的铺盖、虫蛀的衣柜、日夜兼程往下落灰的梁顶儿……就连拍卖师一家三口过冬的棉鞋底儿，都被老鸨的两只眼睛从床底抽了出来，里外翻翻又倒倒，仔细检查了一遍。

哪儿哪儿都是无金条、无嫌疑的！

那么两根金条，到底被拍卖师藏哪儿去了？它们是已被移到天井楼外了吗？

老鸨的心在两根金条上，手在赝品《牧马图》上，三心二意地将赝品交给了拍卖师。

拍卖师接过画："不看着楼上的买卖了？不怕再出别的事儿？"

老鸨的眼睛在画上，没挪过窝儿："这您甭管了。这次，这幅，能卖多少钱？"

拍卖师："画得是真好。要不是做了你儿子，他就能做天才了啊！"

这话实在不大好听，但老鸨现在还不具备足够的底气与怒气去勒死拍卖师。于是他抬起脚，蹬上拍卖师家的缺腿儿茶几，去勒自己的鞋带。

老鸨也晓得拍卖师这话的另一面，是在盛赞自己的鸡屎儿子！这盛赞更代表今晚这幅赝品，也一定能掺入嘉宝拍卖行的真迹行列，并被拍出个好价钱！

拍卖师："完全是韩干的手笔！浇点儿药水做个旧，保管谁也认不出新老真假来！"

老鸨可没心思再听拍卖师饱含真情的欺骗："到底能卖多少钱？"

拍卖师："最近不太平，听说省长要坐飞机去西洋卖菠萝了。乱世黄金，盛世才轮到古董。现在卖的、拍的，都难出手。再说你这个，假的！"

老鸨："你就说，这次能给多少钱吧！"

老鸨将两只脚放平，将二人距离拉近，以方便自己的两只眼睛去钻研拍卖师的脸。

这两只眼睛，已晓得自己主人的命运与拍卖师的死活，全在拍卖师接下来的回答中了。

此刻，拍卖师腮上的肉、额上的纹全卖力地表演着"顶为难的"："看在你儿子做不了天才的分儿上，比上次多算你点儿，八千！"

此话一出，老鸨在田里埋完尸后，瞧见的那只大鸟就飞来脑子里了。

那时，它叫老鸨感怀落泪。这时，它叫老鸨心中为拍卖师亮着的半盏灯，彻底灭了。

老鸹无法度化自己了，劝不住自己了，拳头也向拍卖师挥出了。你不弄火，他能动风？既然拍卖师将钱全串在自己的肋骨上，而罔顾他老鸹的死活，那么他就只能拆了拍卖师的肋骨，令拍卖师做最后的亚当了！

拍卖师的太太与病儿子见拍卖师受难，立即扑向了老鸹，将他的耳朵当作晾晒过头的萝卜干来撕咬。

这倒叫老鸹脑子里的大鸟飞得更高了，也叫他更疯、更具备暴力了。他决心用上窝藏在门口的那把铁锹了。

又过了好一阵子。天井楼的那只公鸡睡醒了，出来打鸣了。

警察局的人顶着新一日的日头，将拍卖师一家三口的尸体抬出了天井楼。

对了！

拍卖师家不是有一户紧挨的邻居？就是那户以扒窃为营生的小偷啊！

他也死了！这会儿正与被灭了门的拍卖师一家三口，一同被警察局的人抬出天井楼呢！

四名邻居的非正常死亡成了上火的干柴，一下子将天井楼给煮开了。沸水锅里的饺子是什么样，天井楼里的居民现在就是什么样。人命是非引发的热闹，正像一股不安的蒸汽，顶着锅盖就往上冲，盖都盖不住！

四名死者都已被抬出天井楼了，楼里的居民还是饺子般一个接一个地往锅里下。

"肯定是那个小偷昨夜溜进拍卖师家行窃，被拍卖师家里的人发觉了，小偷慌了，失手杀了人。"

"肯定是失手啊！他偷个东西至多挨顿揍，哪儿至于杀人哪！拍卖师家里能有什么值钱宝贝，值得小偷杀他人、灭他门？"

"失手！准没错！杀人这种事儿，跟娶姨太太似的，从来一个不嫌少，两个不嫌多，杀了一个那就一家都杀了吧！但终究是初次杀人，小偷还是又慌又怯的，杀完人就想跑，可黑灯瞎火直接从窗户口落下来，一头栽死了自己。"

"这话谁说的？"

"他邻居警察说的！"

"那真是天官给沉的冤，警察局省事儿了！"

"哎哟！一下子死了四个人，晦气，楼里不要闹鬼哦！"

"哎哟！就是这个天井楼晦气，才一下子死掉四个人的呀！"

"哎哟！要是有钱从这里搬走就好了哎！"

"哎哟！没钱哎！你家过冬的煤和炭备下了没？多少钱买的？哟！便宜哎！在哪里买的？带我也去看看、买买哎……"

纵观人类文明史，除去真正的灵魂导师与热血英雄，也没几个死了的人会对活着的人产生长久、不可泯灭的影响。

饺子锅里的沸水，终究要退潮。

天井楼里的居民更是如此，四个枉死的邻居并不比煤和炭的市价更值得他们牵挂。

哦！老鸧除外。

老鸧正在家里困觉。

梦里有只脸熟的大鸟飞来，将他从地上铲去了天上。他坐在大鸟若垂天之云的翅膀上，携大鸟怒而飞。一人一鸟本来飞得挺好的，可没过一会儿老鸹屁股底下坐着的，又变成了飞机的机翼。飞机倾倒，老鸹从空中栽进了土里，被两三颗菠萝联手种进地里。老鸹发觉自己这棵人苗，似乎要比田里的其他人苗争气些。

在土里，他这颗人苗新长出的卵蛋与手指枝繁叶茂，这叫他的仇家与债主，是怎样剁都剁不过来的了。

老鸹不大明白自己怎么突然就这么争气了？

他被脚底板儿下的响动吸引，低头去看。原来他的脚后跟正扎在那具被他埋进田里的尸体上，吸吮、汲取、供己呢！

老鸹从中年残疾男人的噩梦中睁开眼，一眼瞧见了鸡屎儿子在屋顶儿画了一半的芒星。晓得自己正躺在天井楼的家里，他才真醒了。

他打了个能将天与地吞进肚子里的哈欠，彻底回到了他不大漂亮的人生里。

昨晚在拍卖师家的那场厮杀，比老鸹年少时的春梦更叫他舒心与耗费心神。他的肉身在鏖战之后，却几乎是无损伤的。

无论如何，他还是晓得保护自己的。他要的是向敌人进行发泄，而不是无可奈何地与敌人们同归于尽。他的敌人们会死去，可他得活下去！

拍卖师一家虽已全部被杀，但老鸹的经济窘况还是未解决，甚至还会因此长久地悬而不决——假画再也没人帮老鸹卖出去，拍卖师家里的两根金条，他也还没找着。

怎么看，这当口的老鸹都是挨了揍的狗熊，解没解气不晓得，但肯定是给耍坏了。

老鸨舍不得怪自己没把事儿办好。

他睡个觉，醒来就又开始牵挂拍卖师家那两根下落不明的金条。这两根金条，可太值得老鸨牵挂了！

老鸨出了屋，目下的一切都极度适宜他下楼找金条。

同楼层的妓女都歇着呢。她们只有在白天才有觉睡。等天再晚些，嫖客们就赚到今天的钱了，就得来花销了，她们就睡不成了。

老鸨的鸡屎儿子，这会儿也没在家中。大约是去一楼找那个小和尚了。两个孩子很投契，一来年龄相仿，二来看着都像遭了瘟的。

老鸨不大明白那个小和尚。

毛都没长齐的小人儿，连女人的妙法都没参透，就能"出家"啦？小人儿的心都还没见过女人做的老虎，就能直接达到"心中无老虎"的境界啦？天井楼上的可全是专业老虎，她们就是干这行的！

除了不大明白，老鸨也不大喜欢那小和尚。他老觉着小和尚这样常年地尊师重教，憋着不长，早晚要连累自己的鸡屎儿子，也一起憋变态了！

况且，这俩蒜薹大的孩子，不是已然互相连累，合伙做下不漂亮的事儿了？

田里的那具尸体，是他老鸨埋下的。可你们要将那条人命，不分青红皂白地摁死在他老鸨的背上，这也不成立嘛！又不是王八盖做的黑锅，怎么就抖都抖不掉了？

一想到那具不漂亮的尸体，那只大鸟就又飞进了老鸹的脑里。重得老鸹低下了头，想抬起来又怕太费劲儿。罢了，他这大半生，实在不漂亮，那么索性就这么低着吧。

不漂亮的眼底下是三楼的地，二楼的顶儿。倘若没这个，老鸹就能直接从三楼跳进二楼的拍卖师家，去找金条了。那就大可不必踮着脚、侧着身，一路憋着气、避着天井楼里的人眼了。

拍卖师一家都死了，这里已经不适宜再称作"拍卖师家"了，只能将它还原作"这间屋子"。

这间屋子门口绕了一圈警戒线，分割的不只是区域，还有生死。

旁的居民都嫌晦气，不肯靠近，只有老鸹下了楼就溜进来。

这间屋子昨晚上演的厮杀惨剧像旧情人，留下了太多痕迹。

屋顶儿上有发褐的血迹，不晓得是拍卖师的，还是旗袍太太，抑或是他们的病儿子的？

老鸹再往里走，脚下忽而踩着块碎骨头，不晓得是拍卖师的，还是旗袍太太，抑或是他们的病儿子的？

可即便留下如此斑驳痕迹，老鸹也料定警察局里的那群废物，肯定是抓不着人的。

乱年头里，公家的人全打盹儿，那小老百姓还醒什么神儿？

只有债主那样的人，才会在打盹儿时都决眦瞪目。人家讨的是自己的私债，可不是给公家当差。也正是债主这样用心讨私债，老鸹才得跟着打盹儿时都在找金条，愁赌债。

那两根金条阿娇，到底叫人藏到哪儿去了呢？

这间屋子已被老鸨翻得着了急，不愿再被他动手动脚。它也不提醒老鸨，其实那两根金条昨晚已被旁的人拿走了，老鸨此生是绝无机会再与那两根金条碰面了。

老鸨急得直发慌，再转身时，陡然撞上的人，竟然是自己的鸡屎儿子。

巧遇之下，老鸨自动在鸡屎儿子面前鬼头鬼脑起来，又去发散那一道腼腆的笑。等确信鸡屎儿子愿意与自己投掷过去的笑建交后，他才好意思正式去瞧鸡屎儿子。

鸡屎儿子的胳膊与腿，细巧得像缩了水。整个人是四根竹竿子叉了颗猴儿似的头，又配了个搓衣板儿似的身子。

除去执画笔的一双手，鸡屎儿子没一处能长过春秋鼎盛时期的老鸨。可鸡屎儿子的一双眼，是乘着大风与大浪的，是能将老鸨活活给瞪死的。

就是得有这样一双眼，鸡屎儿子才能治住手中的笔与手下的画，以及自己的苍蝇父亲。

鸡屎儿子一双治世安太平的眼，蝴蝶般在苍蝇父亲的身上落下，点点又飞走："您来这儿做什么？"

老鸨因着心虚，佯作怒态："吓死我你可就没亲爹了！"

鸡屎儿子："昨晚那幅画，这家人买您多少？"

老鸨："八千！"

鸡屎儿子听了这话，一颗心含着块冰坨子就往下坠。

八千是一个极不达标的成交价格，是可以为苍蝇父亲提供杀人冲动的。《牧马图》也不见了，该是父亲昨晚甫一杀完人，就拿出去卖给旁人了。父亲好出息的！赌博、开窑子也不觉着受累，如今还达成了谋财害命！

鸡屎儿子瞧着屋顶儿上的血迹，像瞧见了自己最终的归宿，又怕又想笑。

鸡屎儿子："您还真敢杀人了？一下四个？"

灭门凶杀案现场、惊现老鸨、死者与老鸨有纠纷，要素可太齐全了。这叫老鸨都觉着自己生下来就是要给自己亲儿子抓包的。

可杀人的罪名，说往老子头上安就往老子头上安？要不是忌惮这个鸡屎儿子身子脆得像饼干，受了污蔑的老鸨早就动手，要在他面前做个真老子了。

老鸨："你爸爸是专业拉皮条的，不是职业杀手！人，是都该死，可我一个没杀！"

老鸨没说谎，早上从天井楼抬出去的四名死者，没一个是他下的手。他到此时此刻的这辈子，九根手指头上，还没真沾过人命呢！

但可以确定的是，将拍卖师一家灭门的人、将小偷推下楼的人、将两根金条与《牧马图》拿走的人，虽然还没在故事里正式露过脸，却已在老鸨昨天的见闻里出现过了。

昨日重现

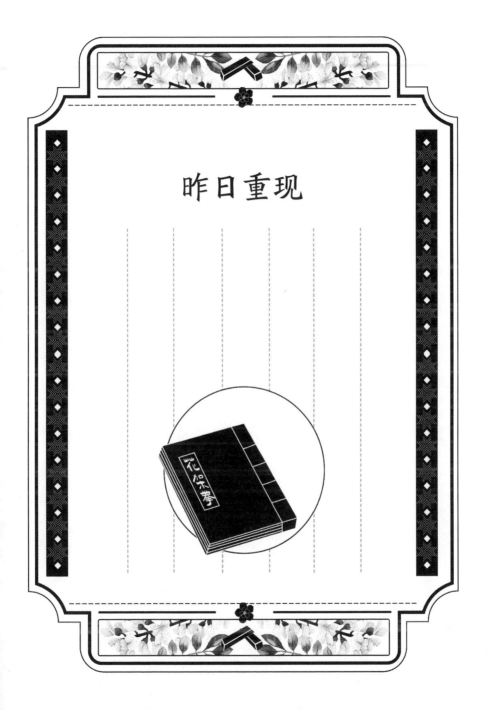

目下十三万的赌债，比棺材板儿还难推开，

这才是货真价实的、解不开的难题。

由心而发的疲惫，是从后脊梁开始的，像被人从背后抽走了整根脊梁骨那样失力。要不然人世间的无力者，怎么都弯腰曲背，驼成大虾米呢！

眼下是拍卖师一家被灭门的前一天，虾米老鸨才欠下十万新赌债，刚从赌场里出来。

回天井楼的路上，老鸨在岔路口等了许久，就是不见交通灯红转绿。

老鸨一开始还当是自己太心急，你要晓得他浑身上下就剩一条裤头儿，还挤在人堆里等交通灯，那他得多引人，多窘迫呢！

是身后的影子叫他晓得不对劲儿的。交通灯才红时，他的影子还在身后，灯还没绿，影子就急到身侧了？

哦！这是交通警在操控交通灯的缘故。

达官贵人的别克西洋车，还在五条街开外，这边的交通警就已远远瞧出达官贵人一定不爱红灯，一直为他们控着绿灯呢！

小老百姓的日子过得真周到、秩序！交通警、交通灯，全是为他们准备的！享福是享福，就是有点儿耽误事儿！

老鸹就因为这些耽误而决心改道出城，先不回天井楼了。

出了城门没几步，有几处墓地，其中一处就是老鸹的小脚娘的。

乱年头里，活人手里的钱银比运气还叫人抓不住，那活人就得向死人伸手。

死人不能说话，被栽赃、被偷盗，也只能由着活人去了。因此，城郊的墓地几乎被人掏了个空。

只有老鸹的小脚娘，还能给自己的棺材当家作主。

当然，这并不是因为小脚娘做了死鬼还能眼观六路、嘴骂八方，将来犯逼退。

一来，因着老儿子的好赌、家财散尽，小脚娘的坟头儿从未建立时就不具备能够惹人眼的硬性条件。

二来，也算老鸹虽然不多但确实有的孝心起了作用。

小脚娘的坟头儿，老鸹早前央了城外的一个鳏夫看顾。他不愿花实打实的钱劳请鳏夫，就将天井楼居民的粪便全饶给了鳏夫，做鳏夫替小脚娘守坟的费用。

鳏夫缺钱、缺人、缺心眼儿，以至于拥有不合时宜、异于常人的上进心。

只因每周能从天井楼拖走一车人粪，他就给了老鸹的小脚娘死后不被掘的殊荣。他以苦钱、再婚、住进天井楼，为榜样人生。

他做定了破垣边上的小草，沾不着阳光也要自己认认真真地积攒蓄力、抽芽吐穗。

一样的米，养出不一样的人。与他一比，老鸹是该给灌进粪车的。

老鸹顶费力才找着小脚娘的坟头儿。

老鸹是小脚娘与丈夫的老儿子。按瞎眼老人——那时候还是瞎眼中年人的意思，小脚娘就该命中无子，她的命才能好，不然到老，她死都死不踏实。

是老邻里们天天捧场小脚娘的丈夫"您这岂止硬朗啊，您这简直该添丁啊"，才硬给捧场出的小老鸹。

小老鸹没长到几岁，小脚娘的丈夫就头朝下栽死了。

小老鸹当时并不懂，小脚娘怎么能流下那样多的眼泪？她嘴还张得那样大，她渴不渴啊？

人在不具备完整、成熟的情感体系，也还没能在外边吃上充足的苦头儿时，顶容易对近亲保持冷漠的。

等小老鸹也到了小脚娘死丈夫的年纪，他不也流下了小脚娘那样多的眼泪？他的嘴不也张得那样大，他不也顾不上渴？

如今，小脚娘在棺材里，老鸹在棺材外。他坐在小脚娘的坟前，心一紧又一拧，再松开时已碎成了块烂抹布。

那只大鸟又在老鸹的脑里各处奔走，牵线搭桥，路线乱得叫老鸹不晓得，生是如何、死又是如何。老鸹顶当真地想，要是这会儿换自己躺在棺材里，或许他就晓得，生是如何、死又是如何了。

可晓得了又如何呢？目下十三万的赌债，比棺材板儿还难推开，这才是货真价实的、解不开的难题。再者说，解不开十三万的赌债也就罢了，大不了真交付出去三根手指头抵债嘛！他现在最解不开的，是他心中已经没有那股要将身子躺在棺材外的力道了!

老鸨将手里的薏米与苦瓜先放一边,爬坐起来,依照着自己的身形,开始在小脚娘的坟头儿旁刨坑。

刨坑埋旁人,他有经验。刨坑埋自己,他生疏得很。以至于到这时,他都还没想到,一会儿等坑刨好了,还得有个人来埋他,他的"活埋自己"才能成立。

来不及等老鸨想到"成立"的那一步,他的自杀就因鳏夫的误解而被迫终止了。鳏夫以为小脚娘的坟头儿闯来个挖坟窃墓的,举着粪勺就扫过来了。

老鸨从前还当鳏夫是个白萝卜扎刀——不出血的软玩意儿。哪里晓得鳏夫几粪勺扫下来,砸得老鸨真要去见他小脚娘了。

老鸨倒也甘心认下这几粪勺的打。这几粪勺的力道足以证明,鳏夫真是尽职尽责地给小脚娘看坟的。

老鸨摸着后脑勺:"以后遇着挖我妈的贼,你就还这么来!"

鳏夫:"好嘞!您穿这么少?"

老鸨:"我们城里热。"

"清明过了,您怎么又来?"鳏夫瞧了眼老鸨给他自己刨的坟坑,但没瞧懂,"您给您妈刨脸盆儿呢?"

就坡下驴,老鸨是会的:"啊对!"

坟是真不好挖。徒手也比不上铁锨。老鸨与自己商量了一下,那么今儿就先不死吧!

回天井楼的路上,老鸨将自己的命彻底续在了半袋的薏米与苦瓜上,并猜测自己心与身欠活力的病,大约是能跟着湿气走掉的。

湿气一走，活力就来了。活力来了，好运就来了。好运来了，那手气不得跟着好？手气都好了，那赌债肯定也能还上了！赌债还上了，那鸡屎儿子就该不拿眼瞪化他了！那可真是福星高照，喜鹊都落头上了！

天井楼门口的这条路上，插满了乱年头的特产——乞丐。

天井楼的居民行走其间难如登蜀道，他们拿两条腿当作西餐叉子，领着自己的两只脚挑挑拣拣地躲着乞丐与乞丐的讹诈。

这些乞丐都是老鸨的老熟人，还偶有去天井楼三楼做老鸨的老顾客呢！

乞丐们已用心地拿蜡油和了彩泥，给自己画好了疮、脓与断肢。惟妙惟肖得连苍蝇都被骗来白白绕了一圈又一圈，轻易不肯走！

这样到位的手艺，倘若用在正途或画布上，大略也能引起一场源自东方的文艺复兴或工业革命。

可世间万物生，不就是依照这么个命与定吗？全看你一开始落在哪儿了。

树上的花要是落进诗人手里，那就是花自飘零水自流，要是落进鳏夫的粪车里，你说，它能是什么？

老鸨自然想不到躺在天井楼下的乞丐们，其实都是落了草的艺术家，是转世的拉斐尔、达·芬奇、提香、丢勒、米开朗琪罗。他只觉着他们实在不值钱，扫到一处、捆起来、打包、上称、约斤，却卖不到他老鸨上赌桌输半小时的钱！

老鸨兔死狐悲。

人命，没意思！

乞丐们远远瞧见身着整整一条裤头儿的老鸨走了过来，忙拿屁股蹭着地，给老鸨腾出个空儿："早就算准了你早晚也得有我们这一天！来，过来坐！"

老鸨还来不及纾解他的兔死狐悲："滚你妈！"

妓女打外边回来，正碰上她有失体面的老板："先生摸牌回来啦？哟，先生今天输得这么精彩呀？那赶紧挂灯哎，做生意赚钱哎！"

妓女身上全是假的珠宝玉翠。人还在三百米开外，身上的五光十色就要朝你大喊大叫。

她算是天井楼三楼的头牌了。有她周旋，楼里旁的姑娘也不至于连累老鸨太亏损。

因此，倘若她是神女娘娘，那么老鸨便甘愿做她身后拿盘子、端果子的丫鬟。

老鸨："马上挂！"

乞丐："这么急啊？你是想钱，还是想男人？"

妓女："那哪个晓得？你想你爸，还是想你妈？你晓得啊？"

天井楼无门槛，却还是将妓女脚上小皮鞋的鞋尖，给磕破了皮儿。

乞丐太多、太碍路。妓女从来都是人还没打算过去呢，就先脱下脚上的小皮鞋，以免一会儿要踩上乞丐们。

都是熟人，甚而可以勉强算作邻居了，天井楼的乞丐们早不讹诈她了。她这样，为的不光是她自己。她是心好，她是想着光脚踩着人，比穿鞋踩着人，能叫双方心里都好受些。

老鸨眼瞧着自家神女娘娘往楼里走，她真是一路小心翼翼地，可还是踩上了一个瞎眼乞丐。

哎！她竟然将掖在丝袜里的一块银元，补偿给了瞎眼乞丐？这一脚，可真贵重啊！也不晓得神女娘娘还有几个私房钱？

这是老鸨第一次打妓女私房钱的主意。时间很短，以至于他自己都没注意到自己已经打了这个主意。

天是热闹的天。

妓女才回到天井楼里，拍卖师太太也领着病儿子，打外边回来了。

从老鸨身边路过时，拍卖师太太未与老鸨打招呼。

拍卖师太太晓得老鸨平时依仗她丈夫卖假画，这就可以算作是老鸨有求于她家。那么她不主动与他打招呼，也算是上级对下级的正常礼节了。

老鸨是瞧不懂拍卖师太太的心思的，他权当她是恪守妇道。她是那么正经，那么，她不理他，也就不理了吧！

拍卖师太太的"正经"，还叫老鸨开始替她对她家里那堆钱，放不下心了：

那几次几百万的拍卖款，也不晓得拍卖师给自己的正经太太正经花过多少？细看看可真叫人替他太太不服气，豆绿的旗袍，屁股那儿都叫他太太洗黄了，他也不给太太裁件新的！嗯？谁又吵起来了？

乞丐们的讹诈平地乍起。

拍卖师太太被污蔑踩坏了人，目下已着手舌战群丐。此刻还没有收到新旗袍，拍卖师太太的脑子和嘴还没给占住，她仍可以骂上半个小时词儿都不带重样儿的。

在拍卖师太太身上，老鸨看到了小脚娘的魂来附体，她们以"母亲"这一身份而存世的旺盛生命力，实在应于天地间无限绵延，永垂不朽。

她们以一当百、勇冠三军、气吞四海。可她们嘴里骂人的话，当着孩子面，又是那样的卫生。

这场骂战的尾声，是拍卖师太太回家派遣丈夫，将家中吃剩的鸡骨头，丢到了乞丐的脚下。

由此可见，拍卖师一家的精明，可远算不上太上老君炼的仙丹，远不够炉火纯青。倘若到了炉火纯青那一步，他们就会自动觉悟，自己是不该欺辱比老鸨还要一无所有的乞丐们的。

天晓得，贫穷比暴力，更受不得侮辱。

乞丐："她这是比谁命贱哪！那娘们儿家住你们二楼哪户？"

老鸨："啊！那娘们儿家住一警察隔壁。"

说到底，老鸨不愿天井楼里出事故。

路过瞎眼乞丐跟前时，老鸨到底没劝住自己，还是伸了手，想顺走那块银元。

瞎眼乞丐："滚！"

老鸨没打算就此罢休。顺不走银元，总要顺点儿旁的什么。

天井楼的青石砖上立着几支晾衣竿，上边还有几户居民的衣物没往家收。老鸨钻了进去，随手拽了件衣服就走。

旁人无所谓，但他不好就这么鲜少遮掩地回去直面自己的亲儿子。

一楼的小和尚出来掸蒲垫，正好瞧见了老鸹对邻里的偷窃。

老鸹见小和尚要来劝阻自己，立即揉小了衣服，往拳头里塞。小和尚与鸡屎儿子一边大，老鸹能受鸡屎儿子的训，但绝不能受小和尚的训。

老鸹："滚滚滚！"

小和尚："先生，还回去吧！"

老鸹："哎，铁锨，我用完还你们家门后边了啊。"

那具浴血的尸体，到底是由老鸹好心代办的。目下，老鸹都将话说到作案工具上了，小和尚还能菩萨入荒——老是蒙的不成？小和尚心底里还是想劝老鸹往拾金不昧上发展，但实则已给老鸹激得嘴巴张张合合，一时出不来音儿。

小和尚还不理解"人"这回事儿呢，倘若光听人唠叨就能提升品行，那么小脚娘早将老鸹唠叨成个光耀门楣的律师、医生或政客了！

老鸹三步并两步蹿上了楼。

行至二楼，老鸹都没细想，已由脚尖领着两腿往拍卖师家迈过去了。他浑身的力全集中在两瓣儿虎口上，得掐死些什么才好。被拍卖师严重克扣一事，正适宜此刻发作。

拍卖师家今天门窗紧闭，像整个屋子都套在了一颗骰子里，该一把掷出去整个地撞碎。

老鸹在电线杆前的怒气，在这时还未改道，他捏了拳就要捣拍卖师家的窗户玻璃。是拍卖师家的窗帘不愿受窗户的连累，立即识时务地掀起一角儿，好叫老鸹分神，去瞧拍卖师正与他太太在屋内满处藏金条。

那是两根金条？

是吗？

是吧！

是真金的吗？

不是吧！住天井楼的人，能有真金条？

或许是真金的呢？否则他俩藏什么呢！

老鸨的心头血一下子全冲到了九根手指的指尖，闹得他手上的关节痒！从此，这两根金条就死死扒在了老鸨的脑仁儿里，达官贵人家的马桶都冲不走。

他浑浑噩噩的，不晓得要拿旁人家的两根金条如何是好！

他扑朔迷离的，但也晓得自己大概终究会对旁人家的这两根金条做些什么。

但具体做些什么，他得具体再想想。

两根金条提携着老鸨的两条腿，快活地蹬回了三楼家门口。

老鸨低头看看身上，想瞧瞧自己在外边沾上的狼狈与匆忙，是否已经给及时清理掉了。他到底是个做父亲的。

这一瞧，老鸨就发觉到底是偷来的衣裳，就是不合意。颜色太艳，像灯笼。袖子太小，他穿上就放不下胳膊，得像架战斗机似的支着俩膀子。

老鸨犹犹豫豫进了家门，眼睛躲着人，羞答答的像刚出嫁的新娘子，就缺一块红盖头。躲了半天却发觉鸡屎儿子已经闭眼睡下。可鸡屎儿子睫毛抖得厉害，该是听见老鸨回家的动静，特意立即装睡的。

家门将老鸨父子与外面的世界隔绝。鸡屎儿子又拿自己的眼皮将父亲与自己隔绝。

后者，令老鸨很快忘了拍卖师家里的两根金条给他带来的快活。

老鸨一时难住了，不晓得"儿子不待见自己"与"叫儿子瞧见自己艳如灯笼、状如战斗机"，哪个才更叫自己失面子？

顶好趁儿子闭眼，自己自觉换件体面衣裳，赶紧再出门去，父子二人就都被成全了！

这时，鸡屎儿子又朝里翻了个身，将自己与苍蝇父亲的距离又拉远了，从昆仑山脉一直拉远到东海。

唉。

老鸨叹出的气，绵延又有力，将他一把推出了家门。

这个点儿，天井楼楼上楼下的男女，都在忙一件事儿。

一楼、二楼的，静得像耗子出洞。也是！一楼、二楼的是在造爱。他们又认定造爱太下作，不该喊劳动号子。

三楼的，实在闹，像青蛙闹塘。也是！三楼的是在劳动。劳动太辛苦，不适合默默地，必须得喊喊劳动号子。

三楼的廊灯也在廊上一闪一灭，多像女人飞来的媚眼儿啊。才进夜的风与这媚眼儿揉到一处，勾人哪！

可这勾人，几乎是白搭的。倘若这时候是太平年月，天井楼三楼的嫖客，一定会一直排到一楼的青石砖上。

可惜这时候是乱年头，吃饱的人才叹商女无知，吃不饱的人都学商女以现状拼死讨生路呢，他们才无暇这里叹、那里叹的呢！

如今还能来天井楼三楼嫖妓的，要么是身心与明天都没着落，立即就死了也不怕的；要么是因出卖思想品德而挣些小而脏的钱的。

因此，老鸨的生路，是越走越窄了。

讲起来，天井楼三楼这一整层，也是老鸨的小脚娘为老儿子铺的最后一道生路。

凭借对老儿子秉性的熟识，小脚娘做出了以棺材本令这层楼归属老儿子但老儿子卖不出、转不出的决策。这是个不输项羽破釜沉舟的神算。在小脚娘眼里，她老儿子的命运就是关乎宇宙星辰运转的天大的事儿，那么以她来做新一版的项羽，又有什么不妥呢？

总之，小脚娘的老儿子，在小脚娘给他规划的楼里，养了一批落难的妓女，指望她们拓阔他与她们自己的生路。

"老儿子"是由此成了"老鸨"的。

妓女们指望这个壮如牲口的男人兜着她们、养着她们。可也打心底瞧不上这个已丢了全部卵蛋的男人。

但也正因为这个男人已丢了全部的卵蛋，她们才更愿与他真心亲近。这是一种拿老鸨当自家老嫂子的"亲近"，是一种老鸨不敢细究的、对非完整男性实则具有毁灭性打击的"亲近"。

近些年，天井楼三楼陆续有妓女勇作当代郑和，下了西洋，却无一返还，才叫老鸨对这种"亲近"，开始心存疑虑了：

她们怎么舍得轻易舍弃亲近的人？

这会儿，老鸨正坐在三楼的楼道口当门神。

媚眼儿灯下的凉拌苦瓜与薏米茶，是老鸨借某户妓女的厨房做的。他不肯打扰与他闹隔绝的鸡屎儿子。他不及小脚娘有本事，没法给自己的儿子铺生路。这叫他总对鸡屎儿子不好意思。

那么鸡屎儿子要装睡，他就当鸡屎儿子真睡吧。再创造个好环境，让人家好好睡。

门神太忙了，边当孝顺爸爸，边祛湿，边向上楼的嫖客收费、发放召妓手牌。

门神低头看一眼今晚的收入，心里还怪有底儿的：

嗯！离还上那十三万的赌债，还有一段不可想象的距离！

门神的眼紧盯着虾米大的收入，迟迟不肯挪开，仿佛诚心诚意地"盯"，就能劝得它们替自己大量下崽儿，凑足那十三万。

过了一会儿，终于又来了个嫖客。

那是个黑瘦汉子，浑身裹着咸臭，睁不全的眼睛自动给他浇湿了毛发、拖长了尾巴，叫他像从下水道才上来的，以至于天井楼的媚眼儿灯都能吓得他两只小眼避着光，将害人的主意一直打到地狱里。

嫖客："哎，我那间里边的，是哪个啊？"

这话放在平常，还顶平常，老鸨也愿意解。可目下，老鸨正嫌手中的收入不肯替他下崽儿，嫖客就成了扒了皮的癞蛤蟆跳在了脚背上，够他烦的。

他与债主、嫖客是天生的仇敌。

债主与嫖客，总要向他讨走些什么。可他又从不真心真意地认为，自己亏欠了债主与嫖客。

哦！我上个赌桌，下个赌桌，我吃饭似的上下个桌，我就欠你十三万啦？哦！你给我几块钱，我就该给你派姑娘，叫你欺负人家姑娘啦？你们简直讲笑话！

况且，他因债主导致的钱财亏空，嫖客拿出的嫖资又无法争气一点儿全给还上。债主与嫖客，一个狼贪、一个无用，都该遭雷劈！

苦瓜与薏米也不争气！祛不掉的湿气，叫老鸨心里永恒地闹蜜蜂。

老鸨自己不争气，瞧什么都不顺意："里边是哪个？还能是你妈四书五经？俩头都长眼，不会自己看？"

这位嫖客日常赶海、日常召妓、日常被人横眉冷对。

他晓得自己天生丑陋，是亲娘含泪也要拿草席将他裹起来，再连夜赶火车丢掉的丑陋。

他因丑陋而被人欺辱，也在被欺辱中练出了能叫眉毛吊起磨盘的好眼力。一堆人里，他一眼就能瞧出哪个能供自己欺负，自己该供哪个欺负。

老鸨长得这样壮，这样像牲口，自己就是提供给老鸨狠狠欺负的。那么，自己就永不会去欺负老鸨，自己只会去欺负自己欺负得了的人。

他像想招来老鸨怜爱似的，对老鸨害臊一笑，才去推测妓女的门。

门里的妓女，才是他这样的人能欺负得了的人！

月亮亮，星星新。

居住在三楼以下的老少男人，不论经历过多少个这样的夜晚，依然对点了灯的天井楼三楼，饱怀想象。

一旦想象就要向往，一旦向往就想落实。落实得了的，要么幻灭，要么戒不了。落实不了的，要么将之神化，要么由衷诋毁。

有人说自己脚底板儿的鸡眼是妓女传染的，有人说猫闹春是妓女指使的，有人说天井楼的墙皮往下掉是妓女勾引的。还有人说妓女腰上的骨头有八百八十多节。能长八百八十多节腰骨的女人，能是真女人？是修行了千万年的蛇精！追魂夺命，铜皮铁骨！

如今妓女伤在床上，虽然还未完全撇清自己身上的污名传说，但至少已证明了自己绝不是铜皮铁骨的。

她的脚底板儿都叫那嫖客抽得没了足弓，只能拿俩脚帮子立着，以至于她那细长的两腿，都因这奇怪的站姿而顺势环成了一个圆圈，还叫你能从这个圆圈里瞧见她身后床底下摆着的尿盆与铜盆。

她起身从床下抽出铜盆，往里倒上大半盆热水，再将身上的裤子一扽，两只脚帮子分立开来，整个人骑在铜盆上，清洗下身。

老鸨、警察、小偷、拍卖师、嫖客……天井楼里全部的成年男性，屋里屋外的百十号，都守在这儿呢，她就这样不拿他们当外人地清洗着自己。

不晓得是由妓女产出的还是由铜盆产出的奇异雾气，忽然就做了天地间的钟灵毓秀与物换星移，蒸腾、化解、凝聚了屋里、屋外的男人们。

男人们将这一方小屋围得密不透风。太拥挤了，喘口气儿都像在螺蛳壳里做道场。

男人们以人数众多与过于集中，叫天井楼的楼体产生了大大的倾斜。

男人们的心跳与呼吸，以重如捶鼓之势，意欲震塌整座天井楼。

清洗完，她提上裤子，绕过警察，圆圈着两条腿去了老鸨跟前，又熟门熟路地从老鸨兜儿里掏出他今晚的全部收成，塞进了自己的裤腰里。

妓女："当补偿了。"

老鸨："你当时也没喊我救你啊！"

妓女："他一直塞着我嘴呢。"

妓女那会儿被嫖客施了虐。你看她脚底板儿的伤情就会晓得，老鸨对神女娘娘的解救，不算很及时。

老鸨为将功补过，已将嫖客当烧饼反复翻面捶打了几顿，也被迫甘愿被妓女掏光了钱兜儿，这会儿正掐着嫖客的后颈将他拎在手里晃荡。

倘若不是二楼的警察也在场，老鸨得将手里的嫖客当画片儿，在地上拍拍打打成薄厚相宜的模样，再给飞出天井楼！

嫖客自信此刻自己要是还有力气哼唧，那么自己一定能凭借高实力、高水准的求饶，求得老鸨放过自己。

可老鸨等不及了，抬手就将嫖客扔进了屋外的男人堆里。

老鸨懂自己，也懂旁的男人。

狗要饿急了，也得拿比自己先吃着肉的狗撒气。更何况，人都有向落水的疯狗扔石头的义务。这位嫖客以这样为非作歹、欺负女人的形象落在天井楼，天井楼的男人们自然要比领政府救济粮时，还不肯自己被落下，要积极献出自己的一份拳脚！

嫖客在履行挨揍义务时，从天井楼男人们的口中晓得了一则真相：

天井楼的男人们，一到三楼点灯的点儿，就格外上心三楼妓女们的风吹草动。今天就是二楼一小偷小摸的小子，最先听到了自己在楼上闹出的动静。是这小子跑去央请隔壁屋的警察，一同上的三楼，救下的妓女，制伏的自己。

于大珠小珠落玉盘的拳脚中，嫖客罕见地睁全了双眼，意欲瞧清举报自己的小子，到底是哪个，到底长什么模样？或许是那种能提供给自己欺负的模样呢！

瞧大家都大喘气儿了，有点儿揍不动但又不好意思首先停下、里外想找个台阶别往下揍的意思了，警察赶紧将嫖客从人堆里捞了出来，拎回自己手上："这厮我带回警察局。没你们事儿了。"

老鸨立即将一张召妓手牌，鬼祟又庄重地塞进了警察的手心，并等待警察的表扬：

楼上楼下的邻居，相互送布、送肉、送菜、送煤炭，算个什么贴心？我送的可是个十全男人的刚需！

老鸨当然并不指望警察能替他消了那十三万的赌债，但绝对指望警察替他挡着点儿债主。

老鸨："楼上楼下的邻居！这么久了，您一向含蓄，搞得咱也跟着含蓄，不敢跟您走太近。您今天帮了咱这么大一个忙，以后您可不能再含蓄了，一定要来咱们这里多串串门！"

警察急忙推回召妓手牌："我是公职人员！"

他都吓着了，像是倘若收了这张手牌，他就要被逼与老鸨结成夫妻。

老鸨："明白！咱小老百姓就是您天王脚底下踩着的小鬼，最老实听话，您让咱七点睡觉，六点五十，咱眼就不睁了！您来这儿，咱肯定不收您的钱啊！我再给您来套欢乐大酬宾？"

警察："《国法》正在我枕头底下放着！"

老鸨："明白！天王枕头低！"

警察："我枕头不低！牌子你赶紧拿回去！"

老鸨："您是官运好，眼珠也跟着吊得高，还是不敢哪？您是吃官粮的，清心寡欲是理想，上行下效是现实，咱省长不也养了小楼里的女人？您放心，您想往外传的，咱这里的臭虫都能张开嘴、说人话，帮您往外招摇。您不想往外传的，咱就都是闭嘴的蛤蜊。您别不敢哪！"

警察："我是不想！"

警察哪里肯再多说，烫手似的丢开老鸨，拎着嫖客就走。

老鸨也来了火气，再不强求。

如此，将拍卖师一家灭门的人、将小偷推下楼的人、将两根金条与《牧马图》拿走的人，已经全部在这个故事里正式登场了。

至于老鸨为何没能做成将拍卖师一家灭门的人、将小偷推下楼的人、将两根金条与《牧马图》拿走的人，大概是他前半生铺天盖地的污糟，还未完全腌透他那颗老良心。

警察将嫖客押走后，三楼的热闹就没了。

老鸨在赶人了。楼下的女人们也已经在骂、在喊魂儿了。男人们也真就没了还赖在三楼不回自己家的道理。

　　等各人回了各人的屋子，天井楼这才重新舒展了腰椎，恢复了往常的笔挺仪态。

　　拍卖师倒不认为自己在老鸹心目中的地位与其他人一样。他自认是老鸹的恩公，是老鸹儿子的伯乐，是可以在三楼昂首挺胸、如元帅过境的人物。

　　他单独留了下来，悄悄将老鸹拉去了三楼的一处把角儿。

　　把角儿外立着一棵老槐，有三个老鸹那样粗，从一楼直钻到三楼。你瞧它的长势就能瞧出它的经历与脾气：

　　它被天井楼里的孩子扯过花苞、拽过嫩芽、折过新出的小枝。作为回报，它也成心摔过爬上来的孩子，与想偷槐花蜜的馋死鬼。

　　它该是土地爷爷亲手培植的，即便被人逼急了也会弄鬼掉猴，可到底还是肯用心爱护与自己共同扎根这片土地的小老百姓的。

　　它常在春秋冬夏里联合自己越发遮空蔽日的枝与叶，乃至时大时小的影子，合力祖护、罩管着天井楼里的所有居民。

　　虽然也有个别人它罩不了，以至于落了难的，就像今晚即将要死的那四位。

　　老鸹被拍卖师钉在把角儿，二人整个被盖在了老槐的影子下，各怀的鬼胎与黑色的影子一道儿贴着地。

　　拍卖师是讲究人，谈正事儿前总需寒暄几句："看来你这里的生意是得看着点儿，不然还得出事儿。哪儿的生意都不好做。你都算好的，楼里屋外走动走动就算办成了。不像我，我那点儿钱，早给我那病儿子耗光了。"

　　老鸹："我就不跟你多说了。一会儿等你儿子睡了，我下楼找你有事儿说！"

拍卖师哪儿晓得呢，老鸨那会儿人都立他们家窗户口了，都没闯进门去同他清算从前的烂账，那是碍于拍卖师的病儿子也在屋里。

而这会儿拍卖师到了三楼，老鸨还愿暂忍脾气，这是碍于往前走五步，就能瞧见自己的亲儿子。

老鸨不算个好人，但小脚娘将舐犊精神传给了他，使得他的"该死"里还可夹带着"还算是个东西"。

拍卖师："你找我有事儿？你儿子又肯画假画啦？我正要跟你说这事儿，再有假画，赶紧找我，千万别怕麻烦我！都是邻居，我很愿帮你，很愿你多存些钱！这年月多乱哪！"

大鸟飞进老鸨的脑子里。老鸨瞧拍卖师跟瞧石窟里的壁画似的：

嗯，确实是个人形儿，但却是个足够假的！

但摸着良心说，拍卖师的建议，老鸨并不是完全没想过。十三万的赌债，总得有个途径筹钱还吧？

可想归想，不到最后一刻，老鸨是不打算再敲锣打鼓地将鸡屎儿子唤上舞台的。他有他自己的打算。

天是彻底地晚了，梆子又响了。

"年中干燥，小心火烛。火塘扑灭，水缸上满。屋上瓦动，莫疑猫狗……"

天井楼里的居民几乎都躺下了，闭上眼，睡吧，什么都不想了。这会儿还肯萦绕心头的琐事，势必就是当下无解的。那么不如挺尸，还能避免睁着眼睛挨肚子的饿。

老鸨将偷来的衣服悄悄归还给晾衣杆，上楼时恰好遇见从警察局换班回来的警察。

警察告知老鸨，那位嫖客已被同伴花钱从警察局里保出来了。

老鸨因此更加深刻地认定，乱年头里的"公职人员"，多数是"废物"的另一种说法。

又过了一会儿，鳏夫推着他的粪车赶到天井楼了。这会儿出来蹲茅厕的人少，正是方便鳏夫淘粪的时候。

正经的、不正经的、上进的、不上进的，反正人们一律都有事儿忙。

人和蚂蚁一个样儿，总是忙得很，也不晓得忙的什么？

忙着活？可不那么忙，也能活着吧？

老鸨回了三楼，往怀里揣了本神秘书籍，就又要去忙了。

他从前做过诗人，因而到如今还是打心底不愿"忙着活"。可目下他要不忙，可就真没法活了。那十三万的赌债正拿枪抵着他后脑勺，逼着他赶紧忙出货真价实的财富呢！

忙人老鸨停在了神女娘娘的房门前，抬手敲了敲门。

这是他第二次将算盘打到了妓女的私房钱上，他还当自己是首次。

神女娘娘这些年的收成都是从老鸨这里分出去的，她能有多少，他是清楚的，真不多。

可神女娘娘的经济来源应该不止他这一处。他又没长在神女娘娘的床上，有多少出手阔绰的嫖客，暗中在床上塞给她多少钱，他哪里晓得？他只晓得，她随手都能给瞎眼乞丐扔出一块银元!

心里是这么想的，老鸨嘴上当然也不能这么说："开开门，看看你！"

大约是脚上不便，神女娘娘过了挺大一会儿才来给他开门。

妓女一瞧老鸨那神情，就晓得自己接下来该表演脸色不好才好。

她圆圈着两条腿请老鸨进了屋，但只给他搬了椅子，没上茶水、瓜子。

她想他赶紧有本上奏，无事退朝。

她以从业以来接待过的所有具有诗人气质的嫖客，来推测老鸨。他们这个品类的男人是这样的：

在女人面前，他们真想、最想办的事儿，永不被他们放在第一时间来说。他们哪怕上山做匪徒绑了你，第一时间也绝不是给你家父母送去勒索信，而是要与你入情入理，再问候你天气、身体与心情情况，之后才切入正题，最后还要来个感谢相遇。

他们管这个叫"审时度势"，女人们管这个叫"废物点心"。

废物点心老鸨坐在桌旁，将怀里的《花架拳》掏了出来："你学学。"

妓女翻了翻图本："先生，这是您给我们开发的新花招？以后陪人睡觉前，先给人打套拳？"

老鸨终究也成了拍卖师那么个壁画一样的假人："不是。这书，就只你有。旁人，没有。今天看见你挨揍，我不好受！"

妓女："明白了！您关心我，可我不爱书，我就爱钱！以后每桩生意，您给我多分钱！"

这话正杵在老鸹心窝子上："不提这个！"

妓女："那你们男人到底想提什么？"

老鸹："你身上还有多少钱？"

妓女："先生，您不会连婊子的钱，都想讹吧？"

她可太知道老鸹的痒痒肉在哪儿了。

老鸹："想是想……"

妓女："滚你妈！"

被神女娘娘扫出屋子后，老鸹自己重新去了三楼把角儿处。

那只大鸟从老槐的影子里劈出一把刻刀，将老鸹的人生雕成大大的"不如意"三个字，叫老鸹疼得直哭。

他的哭，是心里的郁症与不顺当的人生结合所致。

他的哭，叫已经睡下的天井楼居民被吵醒，并误以为天井楼的公鸡天黑了还打鸣。

他的哭，是源于他能挨男人的揍与剁，但绝挨不了女人、孩子的骂与瞧不起，可如今这两样，他已占尽了。

在神女娘娘那里失的算，令他彻底晓得，他必得再次求到鸡屎儿子面前了。

旁人的脱困、发迹都是状况空前、具有神话色彩的。

旁人有个踩巨人脚印就能妊娠的母亲。

旁人才降世就有个无故放射冲天红光的产房。

旁人就连在路上闲散步都能散出本藏身鱼腹的天书。

他老鸹的脱困、发迹，却只能指望他那个鸡屎儿子。

鸡屎儿子是真心热爱画画的，鸡屎儿子的画，早成了老鸹永恒的指望。

老早以前，老鸹就先儿子一步，发现了儿子在此处的天赋异禀。这叫老鸹十分激荡与豁然开朗：

看来，并不是父亲没出息，就没有好儿子的嘛！有一个好儿子，那他就是一个有出息的父亲！

一个有出息的父亲，是有义务将好儿子带出去向四邻八乡展览的。

那时，老鸹牵着高不过蒜苗的好儿子四处报喜，也首次走遍了天井楼上下三层的百十户人家。在一户人家里不待足一个小时，他都不出来！

后来，好儿子的画精了、灵了，更精了、更灵了。老鸹的赌债也多了，更多了。这就到了好儿子该报答父亲赏识的时候了。好儿子该以天赋异禀帮父亲还赌债了。

可没有响亮名头儿的天赋异禀，换不来真金白银，更还不上随老鸹身上肥肉渐长的赌债。

到了响亮名头儿跟前，世人普遍不大爱选天赋异禀。你哪怕以发癔症满世界撞树撞出的响亮名声，都比你尽占八斗而无声响的天赋异禀，要招世人普遍的喜爱。你要晓得，世人普遍是甘蔗做的炮筒——一节也不通的啊！

这就导致好儿子自己的画，卖不出几个钱。好儿子仿冒古人的画，才值些钱！值钱的画，好儿子不愿意画，也是要画的！

老鸹不是一节不通的甘蔗，但他更为可恶。他明明晓得命好儿子作假，会叫好儿子的天赋异禀，到头来也成了他的诗情画意，统统给人拿去包了金条、银元、铜钱，甚而擦了大腚，可他就是管不住自己爬上赌桌，与牺牲掉好儿子。

好儿子与老鸨的父子关系，就是这么日渐鸡屎与苍蝇掉的。

在交出那幅《万壑松风图》前，鸡屎儿子叫苍蝇父亲发誓，这是苍蝇父亲最后一次逼迫他作假。

老鸨当时很确认，那必是自己最后一次参与赌博欠下的赌债。那他自然答应啊，他还拿自己的命来赌咒。

可鸡屎儿子认定父亲的苍蝇命，值不上钱，他叫苍蝇父亲拿他的鸡屎命赌咒。

苍蝇父亲原本不肯，但为了还债，最终还是肯了。

他赌咒发誓，再赌、再欠，他准绝代！

为了鸡屎儿子，老鸨是真打算就此不赌的。是真的，打算过的。

老鸨眼角儿还挂着泪，就往家里走。

他又开始打算了：

这一次，才是自己最后一次赌博，最后一次让鸡屎儿子以天赋异禀帮自己偿还赌债。上一次，他没举手，天上也没下雷，完全可以不作数。那么，索性就趁这最后的一次，在鸡屎儿子面前彻底地不要这张老脸一次吧！

鸡屎儿子像庐山，面目不少，横看成猴儿，侧看成蚂蚱。他往肚子里吸口气，都叫人担心他能将自己肚子吸破了洞。这回可别将他气死才好。但老鸨坚信，鸡屎儿子气归气，终归还是会帮自己的。

那么从鸡屎儿子画好新一幅假画，到自己将假画转手交给拍卖师换上钱，应该能在月底前全部达成。时间上正当好。自己的三根手指是能保住的！

老鸹就这么想着、算着。他做梦都带着救生圈，没人比他更周到。

老鸹抹了泪，进了屋。鸡屎儿子正一脚跨在凳子上，一脚跨在凳子外。

据鸡屎儿子目下的神色与姿势可推测，鸡屎儿子应该是一直站在凳子上画那幅芒星图，后因听见苍蝇父亲回家的动静，而决心立即下凳，返回床铺继续闭眼装睡，但未遂。

老鸹这会儿急着有事相求，就不好再热心成全鸡屎儿子的隔绝了。他将自己从老中医那儿顺回来的那支钢笔，递到鸡屎儿子跟前。

那会儿被赌场的人扒得只剩条裤头儿，他只能将这支钢笔藏在两层肚皮的褶子里，夹带回来给鸡屎儿子。

那会儿，他是想叫鸡屎儿子高兴高兴的。这会儿，他是想借老中医的人情，叫鸡屎儿子先拿人手软。

鸡屎儿子已失去装睡的良机，只好直面苍蝇父亲。

他晓得那支钢笔上有陷阱，于是他不接。他整个地站回凳子上，接着画屋顶儿的画。

那么老鸹这个做父亲的，就以身作则吧，先来开这个口吧："那幅画，楼下的，拍了一百万。"

鸡屎儿子："嗯。"

老鸹："你那幅画，楼下的拿去拍，得了一百万！"

鸡屎儿子的心思，像全然不在老鸹的话上："哪个这么有钱？现在的世道跟感冒一样，才几天就能由坏转好了吗？"

老鸹："不是世道好，是你画的好！"

苍蝇父亲的奉承，鸡屎儿子是顶不受用的："当代的人画不出八百年前的画。"

老鸹："楼下的，能把当代的，做成八百年前的，你和爸早知道啊！"

鸡屎儿子："我不想再画假的了。我也叫您拿我的命赌过咒了。"

老鸹："还完这次的债，爸再也不用你画假的了！"

鸡屎儿子："这话，打我会画画起，您就跟着说了。"

老鸹："那我得说，你没出生，你爸就上赌桌了。"

鸡屎儿子忽然就烦了，他两只眼睛向上翻着，跟上边的两根眉毛打个招呼：你们瞧，我早晓得他的！

不画了！

鸡屎儿子服输，他将父与子的战地卷起来，收好。人从凳子上撤下来，又抱着凳子去了碗橱边上，打碗橱顶儿上拿下来一个簸箕。簸箕里藏着一个画轴。

老鸹："你不是说顶儿上放的是菜干吗？"

鸡屎儿子："没骗您，簸箕里主要放的菜干。这幅《牧马图》，我早画好给您预备着了。就是上次您拿我的命赌咒，我还当真了，没想它今晚过后也要飞黄腾达，就收簸箕里了。"

在鸡屎儿子眼里，假冒的《牧马图》并不比菜干值钱。但老鸹领衔的十三万赌债肯定不这么想。老鸹接过画轴也不打开看，立即再去瞧簸箕。

里边除了菜干，真没别的了，但已足够！

老鸹："爸爱你！"

鸡屎儿子："别掉菜干上。"

鸡屎儿子的两只眼监视着苍蝇父亲，怕苍蝇父亲的泪浇脏了簸箕里的菜干。

老鸹："爸现在就去找楼下的。能拍一百万的宝贝，他拿五千就从老子手里全划走。他今晚要再敢这么着来一次，老子弄死他全家！"

之后的场景，我们已经从上文中看了个大概。

老鸹拿着赝品《牧马图》来到二楼拍卖师家进行交涉，且因交涉不顺遂将拍卖师殴打了一顿，并在随后反过来挨了拍卖师太太、病儿子的一顿撕咬。好在老鸹壮如牲口，及时将拍卖师摁在地上彻底打倒，又将身上的拍卖师太太与病儿子，抖落了下来。

得了胜的老鸹拍打着短打上的灰尘："这幅画，最少二十万！月底前给老子！少一分，老子就让那些拍了你们拍卖行假画的达官贵人们全知道，咱俩是怎么相亲相爱的！"

老鸹留下了《牧马图》，离开了拍卖师家。

那把铁锹，他终究忍住了，没在活人身上用。

老鸹走后，拍卖师开始在家中厨房磨刀霍霍。

这叫整日追着丈夫霹雷的拍卖师太太，平生第一次正式看重自己的丈夫。她不肯、也不敢再骂他了，还决心与他好好协商。

拍卖师太太："坑蒙拐骗就够用了，杀人越货干吗也操练上？这可是要枪毙的哎！现在半斤的钞票都买不了二两的草纸。二十万在咱家又不是蚊子肚里刮油脂。那点儿钱，他要，就给嘛！"

拍卖师："太太哎！钱是什么？你真当草纸呢！钱是我儿子的药钱与玩具汽车，也是你的丝袜、香水、旗袍、高跟鞋！我能给他？"

拍卖师太太："那确实不能给！可你会杀人吗？"

拍卖师："刀就照他脖子抹嘛！"

拍卖师太太："哎？屋外头好像有人、有动静！"

拍卖师："他又回头了？咱家那两根金条藏好了吗？"

拍卖师太太："早藏好了，你都找不着！"

这是拍卖师与太太，留在世上的最后一席对话。

至于在案发当夜，老鸹离开拍卖师家后，又是故事里的谁闯进了拍卖师家，杀了他们一家三口。老鸹同所有故事外的人一样，也是无知的。

倘若你像天井楼里的居民那样相信警方的传说，认定拍卖师一家死于小偷之手，这也是合情合理的。可天井楼及老槐树，可是亲眼目睹了小偷被人推下楼摔死。

四人全部死于被杀，就无法形成所有凶手与被害人全部在场的逻辑闭环。

那么推小偷下楼的人，又是故事里的谁呢？

星稀之夜，月上槐梢，死去元知万事空。小偷是为何而死，就更无头绪了。

绑架

没底气，你手里握的钢枪，

也只能是毙掉自己的武器。

太平年月的风，是温和的，它再猛再烈，人也是能在风暴中心立住的。因为年月是太平的，这是人能立得住的底气。

　　乱年头里的风，即便来了就想走，小一阵就散了，也能将人吹得如豆腐，倒地不能扶。这是丢了底气的缘故。

　　没底气，你手里握的钢枪，也只能是毙掉自己的武器。

　　目下，天井楼里的风吹得老槐的枝叶沙沙作响像招魂儿，真怪吓人的。

　　老鸹与鸡屎儿子还对峙在这间横死过四位邻居的屋子里。

　　屋外的鸡叫，撩得老鸹想即刻喝碗汤补补身子。他的底气半掉不掉，赌债虽未还清，但好在未杀人的清白已被证明。

　　老鸹像鸡屎儿子辨别白云里头的赤橙黄绿青蓝紫似的，辨别鸡屎儿子来此的目的。他老鸹溜进这间屋子，为的是翻找拍卖师的那两根金条。但鸡屎儿子又不大可能晓得那两根金条的存在，他也折过来，为的什么？

　　拍卖师一家三口的尸体，清早被抬出天井楼时，老鸹就发觉鸡屎儿子跟那个小和尚的神情，又不对了！

这可是两个有前科的孩子啊！

极致的担忧点着了老鸹心里的火。哪个做父亲的是真心愿意面对自己的孩子是杀人狂呢？那他得多狂哪？

自从鸡屎儿子画了第一幅假画，他做父亲的尊严就飞檐走壁，至今未归了。可做父亲的对不起你的天赋异禀，你自己就不该争争气了？命是你自己的，你得替你自己争气！说到底，还是你自己不肯彻底争气！

老鸹撇开头，顶好也别辨别鸡屎儿子了。他自己也该闭眼装睡，以示与鸡屎儿子的不争气的隔绝。

鸡屎儿子："您来这儿干什么？"

这话倒给老鸹问住了。对了！来这间屋子是做什么来的？哦！想起来了，是来找两根金条的！

但作为一个孝顺爸爸，老鸹并不能如实相告："来找你的画，他家死了人，爸怕你的画留在这里，你有麻烦！"

老鸹接着去嗅两根金条的蛛丝马迹。金条多好啊！金条不会不争气，金条本身就代表着争气！

但老鸹这会儿倒真发觉，自己昨晚留在这里的《牧马图》，也是踪迹全无的。

拍卖师一家，昨晚在这间屋子里具体挨了几顿天雷与地火？怎么命、金条、《牧马图》，全都像是被精卫拿去填了海了？

难道鸡屎儿子是来找那幅假《牧马图》的？倘若鸡屎儿子不是凶手，他都没有将假画再捡回去的理由。那么，鸡屎儿子出现在这间屋子的动机更可疑了！

鸡屎儿子："骗人的话又在您脑袋里头亮起来了，霓虹灯似的。"

老鸨："我儿子说话真老成哪！"

鸡屎儿子："当一次骗子，能叫人老十岁吧？我都画了多少假画、骗了多少次人了。"

老鸨："爸是实在缺钱，才找你上前的。儿子，有些事儿也不适合掰开来揉碎了细聊。你比方说，你杀的人，爸帮你埋了，人就不是你杀的了？也行！你杀人，爸帮你顶罪。你想报答，你只用画画，还是你合算哪！"

鸡屎儿子："我的小命算是攥您手里了，就跟孩子手里掐着的毛虫似的。"

老鸨："你不是毛虫，你是爸的好儿子！"

鸡屎儿子："那人，您给埋哪儿了？"

老鸨："我看啊，还是这么的吧，顶好啊，我不问你为什么杀的人。你也别问我被你杀的人，我给埋哪儿了。这要哪天露了馅儿，叫旁人晓得你杀人了，你逃得开，爸自己也能顶得住，别给你说漏嘴。"

老鸨忽然聚神，他记得那会儿警察局的人来抬尸体时，这间屋子的厨房门是开着的，这会儿怎么就严丝合缝地闭着了？

杀人的地方，原本关着的门，被人打开了，还算合理。原本开着的门，被人关上了，就不大合理。老鸨虽然不懂侦查原理，但卵蛋与指头的丢失，已换足了灵敏给他。

屋外的招魂风，吹得老鸨心魂荡漾，他预感两根金条的下落，就在这扇门后头。

他一脚踹向了厨房门，像将整条命都注进了踹门的这只脚上。

那一脚，那样用力、那样生机勃勃。

门倒了，里面藏着的，是天井楼二楼的警察。他举起了警枪，对准老鸹，扣动了扳机，老鸹躲不掉的。

枝上的鸟雀头靠头，说着什么体己话。说着说着，体己话就成了什么秘密，鸟雀们将头靠得更近了。再一阵风吹来，羽毛层层叠叠地过滤了风，嘴里的秘密就渗进了风里，被风带走了。

风里有土壤香、麦香、土豆苗的香。

风里还有土豆苗叶子互相撞击的簌簌声，与警察的哭叫声。

月夜的土豆田里只有老鸹和警察两个人，四周再无人烟。这可太适合杀人或者被杀了。

适合被杀的警察被捆成还未破茧的蛾，抵在田埂旁。

除了抖，他几乎有不了其他大动作。他要是块芝麻饼，这会儿他身上的芝麻全得给他抖掉了。

除了哭，他几乎是静若处子的。

他哭得动情，仿佛他从盘古开天地以来就开始伤心透了。

他哭自己到了今天才晓得，一个公职人员，日常保持枪支清洁才是确保自己长命百岁的头等秘方。

他哭那一枪哑火了，实在可惜。

老鸹又在土豆田里挥铁锹了。那天才栽下去的土豆苗，被他特意按照警察的身量又掀开了一块。

翻刨溅出的泥土弄脏了老鸹的鞋袜，他仔仔细细地都掸干净，再继续刨。他要刨出一个大小适宜的坑来，将警察埋进去，盖起来，再将掀开的土豆苗全铺回去。

刨坑，老鸹已有经验。

站姿如何、手势如何、插下掀起的力度又如何，他都已经有了充足的头绪，熟练得好像他生来就该手里自带一把铁锹。

老鸹刨得愈加认真，警察就怕得愈加入骨，但老鸹不管他。

要怪就怪他不是个哑巴或聋子吧！警察在那间屋子里，已经听到了老鸹与鸡屎儿子的全部对话，晓得了鸡屎儿子前些天刚杀过人，还是老鸹帮忙埋的尸。

警察要是个什么下九流的身份，老鸹还能一面抹墙两面光，与他商量周旋。哪怕日后被他威胁、敲诈，老鸹也就认了。至少下九流的，大概率是能为老鸹与鸡屎儿子保守秘密的。

可他是个吃公粮的警察！

虽然乱年头里"公职人员"多数是"废物"的另一种说法。可那是指旁的公职人员，他可不是啊！他是个不肯收人美色贿赂的警察！他是个枕头底下放着《国法》的警察！

这样一个刚正不阿、刀枪不入的公职人员，不正是老鸹与鸡屎儿子这样的不法之徒的克星？他的存在，不就寓意老鸹与鸡屎儿子必得被绳之以法？

那就无法了，那就只得拿他一条命，换老鸹他们家两条命了！

警察晓得是即将被杀的恐惧，令自己此刻只能产出抖与哭。可倘若只有抖与哭，就会将自己尽快送到老鸹刨好的土坑里。他必须在抖与哭之外，帮自己挣出一线生机来！

警察首先想到的，是他的身份，这可是他在天井楼里的尚方宝剑："我是警察！我是公职人员！我替政府办事儿啊！杀我，你不怕？"

他哪里晓得这话可不是他的生机，老鸨怕的就是他这个！

老鸨刨得更快、更深、更不愿停了，心里还直叫呢：

你看！这小子到死，腰背比板凳面还硬！我就说他刚正不阿、刀枪不入，是不法分子的克星吧！我得赶紧埋！

老鸨："在决定杀你的那一刻，你就是包青天，老子也不能怕了！"

警察立即明白强攻是不行了，那就赶紧火烧牛皮 —— 自转弯儿吧！

他在未破茧的艰难客观条件下，以扭转乾坤的意志力来扭转身子，好方便自己给老鸨虔诚磕头。

老鸨给他磕得心惊肉跳、怪想不到的。

老鸨："你？你这会儿，又显得太不含蓄了。磕头没用，土豆田里又没菩萨！"

警察："明白！五六千年的文明礼仪我都懂！先磕头、后张嘴、再求人！哥，哥哥哥！求您别杀我，您和您儿子的事儿，我保证绝不说出去，我也可以嘴巴闭得像蛤蜊！"

原来，这个警察也是个废物！那老鸨得将乱年头里的公职人员"多数是"废物的另一种说法，更改成乱年头里的公职人员"的确是"废物的另一种说法。

这叫老鸨对警察彻底没了留恋，接着大力刨坑。

到了这时候，警察不得不把藏在天井楼的阿娇招供出来了："别刨啦！别刨啦！求您别刨啦！您不是缺钱嘛？我有钱！我有金条！两根！两根金条换我一条命，行不行啊，哥？"

老鸹："你个破打⊥的，哪儿来的资本家的金条？"

警察："他们家的啊！他们家有两根金条，纯金的！我老早就发现啦！您以为我刚刚在他们家，是为了查他们家灭门案哪？我是想看看还能不能再在他们家找出点儿东西。我在那儿耽搁，就是又找了几圈。但也确实没再多的了。我正想撤呢，您和您儿子就进来了！"

老鸹："那两根金条在你那儿？"

警察："哥，两根金条，您也知道？"

老鸹："你就说在不在！"

警察："在！"

老鸹："哟！"

警察："但也不在。"

老鸹："嗯？"

警察："但也在！"

老鸹："你他妈 ——"

警察："哥！别杀我！"

老鸹："四个人全是你杀的？"

警察："不全是！"

老鸹："你是怎么得着两根金条的？"

警察："说起来，这从根源上，还是因为哥您！"

"自成一格"的警察

警察还未做警察之前，他是生长在一个自成一格的村子里的。

旁的村子，长熟的柿子流出的，是甜得能叫人嘴唇裂开的甜汁儿。

他那个村子的柿子，流出的汁儿却是酸苦的。以至于这酸汁儿喂养出来的村民，都是长了獠牙的。

而他则成了这个自成一格的村子里的另一种自成一格。全村就他一个人没长獠牙。

于是他走出村子，穿上警服，做了警察。

从入住天井楼的第一天起，他就赢得了天井楼居民退避三舍样式的"尊敬"。

这是由于他身上的警服，要比他懂得礼节，先他一步与天井楼里的居民全打了招呼，做了交代。

他也晓得这不大体面的"尊敬"，大半源自乱年头里，他警察局的上级与同僚，早都做了天底下最正统的乌鸦。

可他还是想自成一格，做乌鸦，他就要做白羽的那一只。做警察，他就想做正义的那一个。

起先，他绝不肯占邻居们的任何便宜。天井楼的邻居要是给他端来一碗青菜豆腐汤，他就给这邻居端回去一碗肉丁蘑菇。

天井楼的邻居拿他的警察身份吓唬满地打滚的小孩，他会无地自容。

天井楼的邻居出现纷争，他会跑丢了鞋地冲上前去阻止纷争，以防天井楼的居民也长出那对獠牙来。

他隔壁的邻居是个做拍卖的，他不是很懂，但他很敬重。这家病儿子的药，他还帮忙看过火。

再隔壁的邻居，有梁上君子的嫌疑。但他并不因警察的身份而对这个邻居太过为难。邻里邻居的，何必！

但乱年头保持得太久了，他的自成一格，逐渐成了青菜豆腐汤上漂着的几粒油花子，不显珍贵，更显多余。

旁人的羽毛都是黑色的，渐渐地，他业已不想独自地白了。他记得从前他的枕头底下，是真放过《国法》的。

他是什么时候跟楼上的妓女睡到一处的？早他妈忘了！他虽然是正统的公职人员，可妓女他睡了也就睡了，老想着什么时候睡的做什么？

那天，眼瞧着妓女被那个嫖客抽毁了脚底板儿，他是真心疼的。

事后，嫖客被人从警察局赎走，他也是真怕自己没法跟妓女交代的。

可有什么办法呢？她是妓女哎，又不是贵妃娘娘！

贵妃娘娘要是不爱笑，有的是人为她点燃烽火台，以敲诈外地诸侯送荔枝进城来。

妓女要是挨了欺负，做警察的并无法为她主持公道。这是比

《国法》更天经地义的道理。

　　他那天是真动了偷偷带她离开天井楼、重整旗鼓的念头的。

　　小娃娃做游戏，都能"重新来"。大人为什么就不能"重新来"？也能！

　　那天晚上，一回天井楼，他立即上了三楼，去找妓女。

　　之后虽然没能按来之前打算的那样，带妓女离开天井楼，二人"重新来"，而是先带妓女又在天井楼里一同睡了一觉。但这是符合自然法则的道理的，一个男的同一个女的，还是个妓女，谁忍得住？忍不住！

　　他有自然法则、有分寸、有礼节，还是个穿警服的绅士。床上最要紧的时候，他也能不忘文明礼仪：

　　麻烦你再上来点儿。要是能再翻个面儿就更好了。对对对，你可真合人心意。

　　他的警服鞋袜与警枪，同妓女的衣裳鞋袜与假珠翠，绞着月光，像是撞翻了水桶似的洒了一地。这水能溢出天际，浸湿仙人的脚。

　　他们的衣裳鞋袜比他们还白在。离了人的身体，它们就不分贵贱了。它们多数时候是烦透了人的：

　　真不愿给你们蔽体！你们给你们自己分贵贱就成了吧，怎么给除了你们之外的，也分贵贱？我们可谁都不嫌谁！

　　警察好了。

他的"好了"直接导致他原本想与妓女"重新来"的幼头儿，像被吸尽汁儿的熟柿子，彻底地瘪下去了。他可太爱自己这种自成一格的善变了。

能够在短时间内，将自己冲动的热血与好心，转变成踏实的安稳与沉默，不也是为了妓女好嘛？真要是"重新来"的日子，她都不一定适应。

于是他转而开始琢磨，如何再次合情合理地避谈向妓女支付嫖资。

他那时不肯收老鸨的召妓手牌，一来是当时围着的人太多、眼睛多，他不愿被旁人看到什么；二来实则也是他根本用不着召妓手牌。他老早就有上三楼而不必花钱的方式方法。他擅长与她谈感情。毕竟他一向自成一格嘛。

可同妓女光谈感情，而免谈经济，他也有心虚的一天。

心虚的警察得想办法继续合情合理地不付嫖资："野鸳鸯，苦哎！我想，省长那样的人物一定能明白我！"

妓女到底也不傻，白干活儿的事儿，她也不想干："你以后就不要往我这里来了，你是公职人员！"

警察："我偷偷地，他们不知道！"

妓女："偷偷地，那你也是来了啊！"

自成一格的警察，讲起他自成一格的道理来了："偷偷的事儿，旁人看不到，就不算数。捉不到的贼就不是贼！哎，你今天怎么能让他看你洗屁股呢？"

妓女："他？我老板哎！"

警察："老板就给看？我就不给我们局长晒卵子！"

妓女："你计较他哎？他十几二十岁为女人，跟人干架，卵条全给下掉了哎！现在下边跟我长一个样儿。倒是之前定的乡下小姐，给他养了那个儿子，不然他，绝种哎！"

警察："那也不行！我带你走吧！"

妓女："跑路？行哎！钱呢？"

警察："不提这个！你知道我是爱惜你的，我是一定要跟你过到一处的。"

妓女："不提这个！跑路钱呢？"

警察："不提这个！"

妓女："那提什么？"

警察："提哪个也不能将我们分开，哪个我也不怕啊！"

老鸨的声音恰到好处地从门外传进来，正是那句：开开门，看看你！

他还是怪怕的。此刻的赤身裸体不正是他自成一格的真脸面？他这才发现，自己还是蛮愿在旁人面前犹抱琵琶半遮面的。

他赶紧跳下床，猴子捞月似的一把捞起绞在月里的警服，套个半好，再跑向后窗。

一套动作熟练得仿佛他为这一刻的被捉奸，已排练了半生，熟练得仿佛他这一生就为了偷情呢！

妓女："你去哪儿？"

警察："去弄跑路钱！"

人一旦不高明，那么在被人喜爱的同时，也必然招至蔑视。这蔑视是藏在喜爱的表象里的、埋声晦迹的、不彰显的，但又是确实存在的。

警察想他是喜爱妓女的，可他认定了妓女不高明。于是他喜爱她，也蔑视她。

他希望并认定妓女是个蠢货无疑。他深信自己的一切谎言，她都是无能力识破的。

他撂下她，翻出了后窗，又躲在后窗外。他一时还不敢将腿全伸直，就怕哪儿弄出了动静，引起老鸨的疑心。

他在窗外听到老鸨进了妓女的屋，还送了本《花架拳》给妓女。凭着对男人的了解，他立即晓得了，老鸨这是要向妓女恳求借钱。

而"恳求"中的"恳"字，通常意味着施行人需有心无旁骛的态度。老鸨的心无旁骛，正是警察急需的、能将腿伸直的、即刻出逃的绝佳机会。

警察沿着天井楼三楼的腰檐，一路尖着眼与脚，试图探到自己那间屋子的窗户上头。可才探到拍卖师家的窗户上头时，他就叫老槐支出来的树桠子给挑走了。

他被老槐倒挂着，直撞向天井楼二楼的外墙。

城隍爷是如何躲着债的，他就是如何躲着那堵墙的。老槐正抢得兴起，一时半会儿还不舍得丢下难得称手的玩具。

晕厥前，警察正对的是拍卖师家外墙的窗户。

天井楼建得遗世而独立，因此它二楼以上的住户，鲜少有哪家费心，非给外墙窗户挂片帘子不可的。况且拍卖师与太太已藏好了两根金条，那他们还防谁啊？防月亮、星星啊？

月亮、星星最晓得保守秘密，绝不用防它们！

窗户外是月夜，窗户内亮着灯，因此窗户外的，瞧得见屋里面的，窗户里面的瞧不见屋外边的。警察透过拍卖师家的外墙窗户，正瞧见有人在谋杀拍卖师一家呢！

虽然瞧不清凶手的脸，但依身形来看，绝不是天井楼里的人！

他记得他出生的村子里，有一座矮山。矮山里有一片林子，树上挂着的，全是想不开、上吊的死人。

他去过那片林子，叮叮当当撞上的，全是死人垂下来的腿。他当时就想，自己无论到了哪天、哪样的田地，也一定得死赖着活下去，绝不叫自己也挂到树上去。

如今，他还是挂到了树上，可他看到的"死"，是属于旁人的。他不晓得自己最终的死法将是怎样的，但他已觉察出来了，活到如今，相较于旁人，自己到底还是具有一股更好的运气的。

他的晕厥，是在小偷溜进拍卖师家后，被终止的。

拍卖师一家的遗言

拍卖师：

我的两只手是最先被人拿刀砍断的，刀还是我自己磨的。

疼啊，疼得我后脊梁直收紧。没了手，这叫我以后怎么握拍卖锤呢！

后来是我的后脑勺，叫人给锤碎了。后脑勺碎了，我倒什么疼也觉察不到了。但我能晓得我的后脑勺已开始漏风，风从肩膀一直吹到后腰，直至我整个人都开始发冷。

都是两根金条惹的祸，哪个缺钱的人不想跟金条白头偕老呢？

都是两根金条惹的祸，它们俩可是我的不义之财！倘若没这两根不义之财，我这一家也不至于招致杀身之祸。

我在拍卖行的收入，不算低的，我不应以儿子的病、太太的虚荣太耗费钱财为由，就将别人合理、不合理的财产全部强行霸占。

那两根金条，一根是我从楼上的老鸨身上收集的，另外一根是我从楼下另一位邻居身上收集的。

我那两位邻居，大概永远不会真正地认可，他们的命其实早烂得像两块破抹布，绝不足以与金条相配。

也不晓得，要是我将这两根金条还给了这两位邻居，那么，我这一家还死得了吗?

嗯!还是一样死得了!事儿与事儿也不是一回事儿!

既然总归是活不成的,那我就不还金条啦!

再叫我活回去,我也还是再选一遍金条!人活一辈子,连金条都没沾染过,还活个什么劲儿?

人嘛,最终反正都是要死的!

就是可惜啦!早晓得我要死得这样快,我就带着太太与儿子,搬出天井楼,享几天的福啦,我还装什么穷、避什么嫌哪!

就是可惜啦!要是不死,那幅《牧马图》,我明天或后天就能拍出去!到时候,又是一粒金豆子进账!

哦?杀我一家的人已经走啦,就只带走了那幅假的《牧马图》?就不再搜搜?就不发掘发掘我家那两根金条,就走啦?你可真大意!

我们一家已经全死,那两根金条岂不是就此暗无天日、无人发觉啦?

也好!凭什么以我一家性命换的金条,要白白被旁人拿去享受?哪个要拿了我那两根金条,哪个也得死了全家!

拍卖师太太:

反正家里有没有金条,我都过得不体面。

家里没有两根金条的时候,死人头不肯搬出天井楼,说没钱搬。家里有了两根金条,死人头还是不肯搬出天井楼,说怕走漏金条的风声！

反正死人头就是不肯搬出天井楼。

你瞧现在他多如愿，一家人死都死在天井楼里头！

我早就说住在天井楼，迟早都得成短命鬼！天井楼里湿得人皮上都要长蘑菇，肺里都要冒霉菌。老是这样，我儿子的病哪里能好，我儿子咳出来的老痰能有鸡蛋大！

我娘家原来也是有钱人，要不是年头太乱，我能嫁到这里，嫁给这个死人头啊？

我跟天井楼里的人根本相处不来。唱戏的死老娘、念经的死和尚、楼外边的死乞丐、卖肉的死妓女……哪个不是大嗓门儿，哪个没逼我去吵架？

可我做姑娘的时候也是干干净净、文文静静的呀。就是跟了这个死人头，我才嗓门儿壮大起来的呀！没用的男人，才会叫自己女人性情大变呢！

你再瞧瞧这个死人头，无用哎！被天井楼里的小赤佬摁在地上打。到头来还是要我跟儿子去帮他。真现了他祖宗八代的眼哦！天井楼底下挑大粪的都比他有用！我早就该叫他做绿毛王八才好！

要是能再活一遍，我肯定要带着那两根金条先跑掉。我要样儿有样儿，要钱有钱，还怕有用的男人不叫我跟着他？

可是我没有机会了，我已经叫人给杀掉了。

还好我今天穿了死人头给我买的新旗袍，叫人瞧见已死的我，也不至于太寒酸。

新旗袍是桑蚕丝的，丝上的花全是缂丝的工艺，也不晓得天井楼的人识不识货？瞧不瞧得出来我是个体面人哎？

照这样说来，死人头到最后，还是送了我一个体面的。

照这样说来，即便真能再活一遍，我恐怕也还是不好硬起心，就这么拐带金条，不管那个死人头和亲儿子哎。

病儿子：

爸爸、妈妈，疼啊……

三天大的小偷

他是在出生后第三天，被母亲以产不出奶汁儿、养不活他为由，丢到教堂门口的。

对此，三天大的他，已首次闻出了大人谎言的滋味儿：

你的奶子里产不出奶汁儿来，可教堂里的人，哪个奶子里就能产出奶汁儿来了？你就直说你嫌我拖累你，不要我了，倒也罢了！

再叫我投进你肚子里，我头一个搅得你肚子里天翻地覆！

那天，天地间的晨雾下得浓淡相宜。

街那边走电车、支早点摊子的区块里，晨雾最小。因为街那边的人多，晨雾被人打散了一部分，再被人吸走了一部分。

街这边的教堂还无人来往，晨雾浓重得令抛过去的视线举步维艰。

那么，晨雾索性做起了戏台上的幕帘，只等唱戏的角儿登上空旷的场，就拉开自己，供看客们拜读世间人事的好坏真章。

可老槐上的鸟叫都成了催场的鼓点，也迟迟不见角儿来。过了好一会儿，一个小老头才踩着鸟叫，撞开晨雾，终于登了台。

小老头将襁褓里的女婴放在了教堂门口。

他刚走，小偷的母亲就抱着三天大的预备役小偷登了台。这是他们母子最后一次出现在同一幕戏中。

小偷母亲瞧着教堂门口的女婴，担心一早上领取两名弃婴，会叫教堂的工作人员拿小猫洗脸的心，来马马虎虎自己的亲儿子。

儿子到底是从自己肚子里爬出来的，为确保自己的亲儿子能在教堂获得独宠，她干脆将女婴从教堂门口抱走，再找个菜市场将女婴丢弃，以此，完成了她以一名母亲身份的退场表演。

就是这样的。

才出生三天的他，就偷窃了旁人的生机，并获得了成功。

这是老天定的机缘与技能，他不好不将之发展为谋生的事业与手段，最好到死也不当有所更改。

他在天井楼二楼的这处居所，不正是这么来的？

白天蹲点儿、夜间撬锁，使他能获得别人家的毛票、棉鞋、手表、火腿、腌鱼或香皂。他在使人失窃、使己温饱的同时，也在别人家的墙角儿、屋顶儿、门外，不近身地参与了别人家的家长里短、灯火通明。光是天井楼三层楼里几百户人家的奸情、暴力、算计、贪污，就令他阅尽众生百相。气不过时，他都想冲过去给他们评评理！

他到底是可怜的。只身漂泊，无家可依，以至于急切想要的家长里短、灯火通明，都是依靠偷窃才能见识到。

倒是天井楼二楼顶头儿把角儿的这户人家，最令他清净、省心。

他去这户人家偷窃过不少次。这里早已窃无可窃，落下的灰也日复一日地丰厚。足证这户人家除了他，是再无旁人光顾的。

乱年头里，住户的失踪或不居住，必定有着众多可能的发展方向。这也给了小偷入住这间屋子的想法与契机。

在"这户人家的远亲"与"这户人家的租户"之间，他选择了后者做自己入住天井楼的身份。你要晓得，"远亲"可禁不起邻居的盘问与拉家常啊！

起先，他最怕隔壁那户做拍卖的邻居。

两户邻得太近了，难免有他说得、做得不妥当的地方。可别给人瞧出自己的真实身份来！

好在，后来他吃了这家男主人散的五六粒炒米，同时也晓得了这户邻居，其实并不喜爱与邻居们太亲近。

后来，他又最怕再隔壁的那户警察。

哪儿有鼠儿不怕猫的？

好在，那户警察瞧着是个热心的粗心人。他什么都管，什么也管不透彻。

如此，这两户挨着的邻居，于他来说，真可算是天道酬勤的街坊四邻了。他的家是偷窃而来的，暂时是不大能被谁给识破了。

那晚，他为猪油与豆皮儿，有了偷窃拍卖师家的打算。他绝想不到，在自己觊觎人家的猪油与豆皮儿的当口，人家一家三口实则已走向了赶死的路。

在地上发现拍卖师一家三口的尸体时，他成了个搭床的三脚凳，整个人带着心，都是极摇立不安的。

他想悄无声息地就此离开，就像他的母亲当初将他丢在教堂门口似的，以安静又迅速的抽身，来表述自己确实"顾忌重重"。

他太怕警察局的人追查他，怎么非请即入的，怎么发现人家家里的这场灭门的？哦！原来你是个小模小样的窃贼啊！

怎么想，都不该热心的。已死的人命，关他鸟事儿啊？还是学母亲那样，及时抽身吧！

当年三天大的他，母亲都不管了，最终不也由神父接了手？

那么拍卖师一家的被杀，也不用他来主持公道。明早那个警察邻居就能发现拍卖师一家三口的尸体。像警察那类人，才是该给拍卖师一家三口主持公道的人。

他当时是真打算立即抽身，并就此离开天井楼的。但人的命，从来都是不由人自己做主的。

当晚的风，说话了，它要将他的命也留下。

拍卖师家的外墙窗户，被当晚的风吹开了，让他瞧见了窗外老槐上，大蜘蛛似的吊着的警察。警察那时还在晕厥中，大概过不了一会儿就要被老槐松开手，一个倒栽葱摔下去摔死。

他想，这到底是个活人。他不好真不管。

他到底做不了他的母亲。

他去窗口，将警察从老槐上解救下来，拖进了屋内。

警察醒来，也瞧见了屋内已被杀的拍卖师一家三口。

小偷："哥，你怎么在树上？"

警察："你怎么在他们屋里？"

小偷："我来搭救你，哥！"

警察："我才是来搭救你的。这屋里死了一家人，你这时在他们屋，你说得清？"

小偷："哥！我就想进来偷点儿猪油和豆皮儿。我进来的时候，他们一家已经全给人杀了。咱邻里邻居的，我这，没事儿吧？"

警察："没事儿？那你得跟我们局长做邻居！"

小偷："我这不算立功吗？"

警察："你这算第一嫌疑人。"

小偷："啊？他们家的猪油和豆皮儿，我还没偷，我还没犯罪。我顶多也就是入室盗窃未遂，外加清白无辜的犯罪现场目击人吧？"

警察："懂得还挺多！"

小偷："知法才好犯法。哥，我怕。"

警察："逗你呢，老弟。我在外头瞧见了，凶手不是你。有我在你跟前顶天立地，你放心，也别怕。"

小偷："哥，你是好人！到底是谁杀的这一家？为的什么啊？顶好的一家人哪！"

警察："为的什么，得往下查，我一会儿就回局里说这事儿。咱们天井楼里也没个电话。"

小偷："哥，你到底是怎么挂到他们家窗户外头的？"

警察："你要还问，还说这个，我可就瞧不见杀他们一家的，到底是不是你了。"

小偷："那我不问，我也不说这个！哥，那人怎么样了？够枪毙吗？"

警察："哪个人？"

小偷："就今晚在三楼，欺负人姑娘，抽人脚底板儿那厮！"

警察："要没我，你比他够毙的！"

小偷："可我什么也没干啊！"

警察："干什么，没干什么，从来也不重要。"

小偷："那什么才重要？"

警察："你这人是谁，最重要。"

到这时，警察想的还是一会儿到了警察局录入这桩灭门案，该如何帮自己的小偷邻居向同僚们讨点儿优惠。

然而，小偷无意的一脚，踩碎了拍卖师儿子的玩具车。

那两根货真价实的金条，就藏在那辆玩具车里。它们的被发现，注定了小偷会被警察杀害。

小偷有一个生下来三天就被落定的小偷身份。

两根金条的诞生。

警察当上了警察，从此拥有了一个说什么、做什么都被人拿来当权威、也无人敢质疑的公职身份。

小偷做了警察与拍卖师的邻居。

拍卖师一家三口全部被杀。

小偷出现在了这个永远无法自证清白的灭门案现场。

小偷救下了警察。

小偷与警察共同发现了两根金条……

这一切的逐一发生，仿佛就是老天为了叫警察在这夜杀掉、并在次日栽赃小偷，而老早就精心准备的。

小偷直直地从天井楼二楼倒栽下去。

老槐这会儿已丧失玩儿心，叫风吹散了自己的枝丫，躲开了他，任他砸在地上。

碎了的声音，源自他的骨头与天井楼的青石砖。

眼前又起了雾，不像三天大的他在教堂门口时，看到的那样白而游荡。这次的雾，是红而血腥的。

他这时还没怪上警察呢!

他这会儿就是在想，自己当初要是没进天井楼偷旁人的家，自己就用不着看见那两根金条，也不用因为这两根金条被警察杀了。

自己当初要是没偷神父的眼镜，再拿神父的镜片儿对着大太阳烤煳了那一窝蚂蚁，自己就不用被赶出教堂、再次丢了一个家了。

自己当初要是没被母亲放到教堂门口，而是被她好好养着，自己就不用总想着给自己找个家了。

可母亲一定也是有苦衷的。有苦衷，是可以招致一切原谅的。

要不是年头太乱，逼得好人都在烟囱上走路，母亲大约也不会丢下自己。

她不是在自己三天大的时候，已帮自己偷生过一次嘛？她都已经尽了责，自己死就死了，做什么还要怪到她？

至于那个警察。

早前央你一同去三楼收拾那个欺负女人的嫖客时，你还叫过我老弟呢！

哥！你想独吞两根金条，你就与我直说！何必推我下楼、害我性命呢？

你是警察啊，老哥！你就算不灭我的口，我又能为那两根金条说什么、做什么？即便我说了什么、做了什么，又有什么用处呢？我是毛贼，你是警察啊，老哥！

唉，说到底，要是不同他们做邻居就好了！

唉，说到底，还是怪自己，什么都想偷！

暗涌

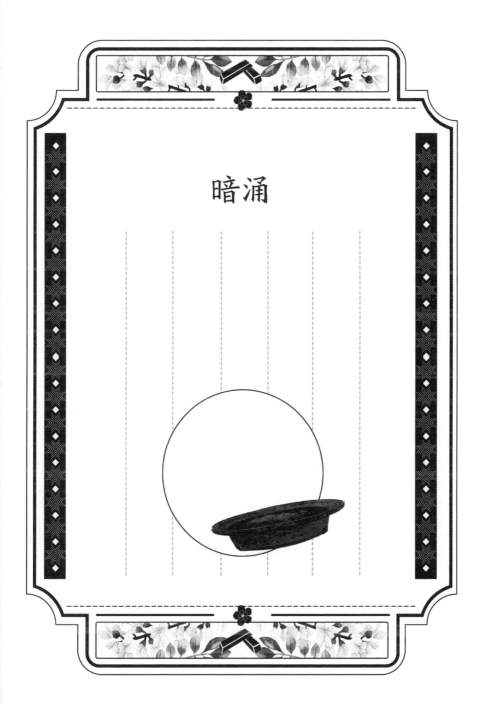

"图谋"与"陷阱"是双生的个头儿,

一边大。

虽然已将四个人的死亡，全都推到了小偷身上，可到底是一下子死了两户紧挨的邻居，警察担心自己接下来要被警察局的同僚盘问、搜查。

他那一干不中用的同僚，虽然对本职工作一向是拉马来捉老鼠，但对他人钱财的敏锐性，远高于警犬对骨头。警察不愿两根金条承受被同僚嗅出与侵吞的风险，于是他将两根金条以"跑路费"的身份，交由三楼的妓女暂为保管。

对于妓女的可信任度，警察的心里不是没敲过鼓，只是时间与情况都紧急，他也别无他法。

再者说，自老槐上下来，再到杀了小偷，他已从生到死，再到获得彻底长出獠牙的新生。

这新生令他彻底地不再自成一格，他同过往就是不一样了。他已能做到对重大事件的决断如流、充满自信！

他因对自己的自信，而自信妓女该是杜十娘、柳如是那样的角色。妓女一定也对钱财有意，但绝赶不上对他、对情爱与大义的坚贞。

他劝住了自己，自己替自己巩固并赞同了将两根金条暂交妓女保管，是一个绝无纰漏的决策。

也不晓得为什么，他自己做不来的有情有义、视钱财为粪土，怎么就能这样坦然地指望妓女做得来？

幸而被发现死在天井楼的四个人，于整个社会、生态来说，都无任何隆重之处。因此他们四人的死，像是上对得起国家，下对得起百姓那样应当应分，不该被人额外重视。

加之大家都不晓得，这四人的死，背后还牵扯着整整两根金条，所以这四人在被搁置到停尸房后，他们和他们的死，就渐渐没了下文。

这个"没了下文"，可算是在泥潭里捞救了警察一把。

他再不用像自己之前担忧的那样，惨遭同僚检验、彻查、背上人命，最后再丢失两根金条。

他舒了一口可以吹开天地间愁云惨淡的气，可又因此咒骂同僚的无能与无心彻查真相。

他满心批判世道的永无光明，却又因世道的永无光明给了他偷生的可能而快活死了。

他一会儿像风中直飞的圣人，一会儿又代替死了的小偷，做了醒醌的窃贼。

倘若此刻你拿他去炸麻花，他必定是麻花群中，拧巴得最紧、最烦琐的那一根。

拍卖师家的这间屋子，他在推小偷下楼后，已经上下搜索过几次了，没有更多的金条了。可他舍不得就这么轻易甘心了，哪个人肯对金条轻易甘心呢？

他得最终再搜一次，等最终一次地确定，这间屋子当真再无更多的金条后，他就立即上楼找妓女，将两根金条要回来。

可他没想到自己最终会叫三楼的老鸨，给堵在厨房，拎到田里，等着被活埋！

他是一心想破茧脱困的。但老鸨长得这样壮、这样像牲口，他无法只拿鸡蛋的身子，而骤然就起撞石头的心。他得懂得徐徐图之，借风过河，将深藏的两根金条一点点抛出来，以此从老鸨手中一点点挽救自己的生命。

但你须知，那两根金条，警察是无论如何都不会真的分享出去给老鸨的！

警察已在自己的肚皮内，率先做好攻略：

等到自己以两根金条熬的迷幻汤灌晕了老鸨，协助自己破茧、逃出这片土豆田，自己必定要叫老鸨反过来做入笼的螃蟹！

既已做了黑羽的警察，他可有的是身份与技巧，令老鸨沾上无辜的罪名而永久甩脱不掉，又或者悄无声息地死亡。这是杀死小偷后，他新体会到的职务之便。

田里的风与月将老鸨与警察分隔两边，他俩倒分不出谁更好、谁更坏来。

但老鸨是绝不认自己与警察坏得旗鼓相当的。

老鸨瞧着警察，像瞧着被拔了毛的耗子吐了一地的消化物上长了霉毛。

老鸨又顿悟了：

原来人的"上进"，不一定非得是千里驹心气高，自奋蹄，也不一定非得是世道强摁牛头，牛无可奈何，必得自强，而是有"更后进者"的烘托，就可达到的呀。与警察一比，老鸨都能自认是朵纯一不杂的空谷幽兰，乃至《诗经》与《离骚》了。

老鸨何止不坏，老鸨简直遗世而独立、羽化而登仙了！

为了以金条的迷幻汤灌晕老鸨，警察与老鸨倒成了交心的朋友："我怕有人查到我家，就把两根金条都放她那儿了。"

老鸨这会儿才觉出自己的吃亏："哦！嫖她的钱，你是一分都没给过我啊！"

怪不得这小子不肯收自己的召妓手牌，老鸨还当他是个正人君子呢！

警察："哥，我们那是爱情！"

老鸨："要不老子从不了良呢！替小老百姓办事儿的人要都是你这样的，小老百姓真该都他妈蹲回树上穿叶子！"

警察："哥，我现在也就是您手里掐着的毛虫，不是别的！您看，那两根金条，能换我的命吗？"

那两根叫老鸨找翻了天的金条，竟然是这么个轨迹与下落，这叫老鸨此生最正式的一次动杀心，又落下帷幕了。

老鸨晓得自己可不能就这么利利索索地将警察奉献给土豆，他得确信那两根金条，真能到自己手里，再回来处置"更后进者"的窃听问题。

在警察所有的呈堂供词中，老鸨可算给鸡屎儿子洗净了清白：

杀害拍卖师一家的凶手不是鸡屎儿子，不是小偷，而是另有其人，且还不是天井楼里的人；鸡屎儿子那幅假《牧马图》，警察当晚进入拍卖师家后就再没瞧见。那它哪儿去了？

这到底是怎么回事儿？

都别管了！管什么呢！如今两根金条就挂在睫毛上，其意义于老鸹来说，就是菠萝于省长，一样强分量，一样迫在眉睫。

老鸹的九指松开了铁锹。埋警察的坑，他当真没有继续深刨。

警察也扭直了身子，不再向老鸹磕头。

他二人比古往今来所有戏台上、电影里的痴心男女，还要心意相通。不，他二人情谊更甚，比两根金条还真！

戏台上、电影里的男女，还需双方眉目来传情达意。他二人直接省略了眉眼的劳顿，就已达成暂时性的和解。

这个因为两根金条达成的暂时和解，将会成为类似新人洞房里的悄悄话，只有他们二人互为知晓，甜蜜而绝不为外人道也。

警察以双眼将老鸹的上下里外，反复搜查了一遍，最终确定自己的那把警枪，老鸹并未随身携带至土豆田。

合意！正合意！

面对一位铁锹战神，警察在气力与体格上，确实硬拼不过，但在脚力上不一定就输了。自己跑不过自己那把警枪里的子弹，还跑不过一个油篓样式的老鸹？

一会儿等老鸹给他松了绑，他立即就跑！

他要跑离土豆田，跑回天井楼，跑上三楼，跑向妓女，要回那两根金条！他还会继续跑！他要将所有无心、无力、无光明，全都跑丢在身后！

妓女同他说过，她那些去了西洋的姐妹，在西洋过得都不错。

那么他也可以去西洋啊！西洋好，他有两根金条。西洋不好，他也有两根金条！好与不好，他都绝不挂在树上死，也绝不栽进土豆田里死！

警察："哥，手麻了，松松绑？"

老鸨一向是个痛痛快快的人："你再忍忍。"

他横下铁锨，将五花大绑的警察挑了上来。

警察："您不给松松？"

老鸨："你再忍忍。"

警察："咱们都……"

老鸨："你再忍忍！"

土豆田战役，首战不利。老鸨的警觉叫警察没能心想事成，他心里直骂，你个油篓子，是什么时候生出的智慧？

在老鸨还诗情画意的年纪，他有过写现代诗标点符号往哪里打都要请教人的、无智慧的经验教训。

可如今，他早不诗情画意了啊！

他这半生，形成智慧的代价太大。以至于到了如今，他的智慧已做了老太爷手里盘的核桃，轻易不肯露出瓤。他的智慧平时确实深居简出，可并不是没有的啊！

老鸨绝不会轻易放松警惕，更不会叫警察与妓女轻易再碰上头。

警察与妓女，是能排除万难、偷偷睡到一处去的两个恩爱人。两个恩爱人或许真有异常团结并排外的精神品格呢？

将话说得再直白些，目下，老鸨是能被两个人排除在外的，但绝不能被两根金条排除在外的。

老鸨担着警察走上了田埂，往天井楼赶，往两根金条的身边赶，如同沙和尚担上由他看守的取经行李，那样老实本分，那样坚守心志，那样沉默不语。

田埂实则不长的，肩上的警察轻重也担得住，可这段路就是走得老鸨脚底拌着蒜。

他晓得自己正走向解决困局的关键，只是这步子其实并未走到他心头肉的生机勃勃里。

他又回头看了一眼那片土豆田。

土豆田底下，是他亲手埋下的那个不晓得什么时候生、只晓得什么时候死、却又不晓得为什么死的枉死鬼邻居。

也不晓得这个枉死鬼还活着的时候，心头肉是否生机勃勃、是否困局重重、是否抵抗得住金条的卖弄风情？

当然，老鸨永不会晓得，他在故事开局亲手埋下的"枉死鬼"，就是为金条死的。

一声鸟叫盖上了老鸨的天灵盖。老鸨赶忙在因渐渐入秋而丧失青春的农田间寻找大鸟，却始终无果。

警察："哥，您怎么了？"

老鸨："看到这片土地因为生养过多而青春耗尽，我哀伤！"

警察："哥，您是诗人！"

自己诗人的身份，多年以后竟然是自己顶瞧不上的人给正式颁布的。

为表礼尚往来，老鸨需找些客套话："那你是什么？"

警察："刽子手？但也不至于！那可是两根金条，是个邻居都下得去手！金条哎！别说眼前的是人命，就算眼前的是座山，也下得去手、推得开、劈得开。哥，您说是吧？"

话已至此，诗人老鸹没法接着客套，他得堵住警察的嘴。

他脱下了脚上的一只棉布袜，塞进了警察嘴里。这是防止警察的旷世奇言侵入自己的耳朵，也是杜绝警察向外界传递求救心声。

在两根金条真有下落前，他绝不撒下警察，也绝不能给警察撒下，他将以十足的意愿与警察生死不离！

等一会儿将警察窝藏进自己在天井楼的家，老鸹还要劝服鸡屎儿子接受现状：

对，没错，你爸确实给家中新添了这么大一个男丁！

这处的青石砖因被小偷年轻的身体砸得细碎，小偷的血才能将它抓得更加牢固、更加透彻、更加全方位。

天井楼的居民，目下正都拿脚躲着这处的青石砖呢！

这叫它觉得太冤屈了！

它就这么开开心心、老实本分地躺在这里、铺在这里，供人踩着、供人砸碎。

它跟普遍的小老百姓是一模一样的。大家都老老实实，什么本分之外的事儿也不干。

可它还是要遭受无妄之灾！你瞧，旁人倒都来怪它倒霉晦气了！

一楼的小和尚捧着个小蒲垫，跪到了青石砖旁边，为天井楼接连枉死的五位逝者超度念经。

被老鸹种进土豆田里的那位，倒没什么要说的，还顶愿意咬紧牙关，默默承担自己的死亡。

但拍卖师一家三口与小偷，倒顶不愿意领小和尚的人情。他们四位，如今可真愿作破了皮儿的灯笼，燃死小和尚才好。他们已从阎王殿里打听清楚啦，倘若当初没有小和尚暗中作怪，他们还死不了呢！

小和尚跟天上的星一个样儿，瞧着都干得慌，眨巴眼里也没什么水头儿，更不够亮堂。

你再回头仔细瞧他一眼，就该晓得，这是他的心和眼睛迷了路，所造成的结果。

迷路的小和尚在琢磨：

如果人死后都入了轮回，那天上的星，又是哪里来的？

倘若天上的星，真是地上的人命，那他超度的这五个人，又是天上星里的哪五颗？

天上星在天上的模样，跟人在地上看到它的模样，是不是一个样儿？

地上的人在地上时，都有内、外两个模样。天上的星该也是同样的模样丰富吧？

三楼的小画家其实早同小和尚说过的：

天上的星不是地上的人。天上的星就只一个样儿，还全都一整个地亮。

天上的星离地上的人，其实也不远，就是人不能走着去寻它。不然是总走不到星身边去的。

你得翻个身，梦一回。

梦，才是人走近天上星的好途径。你得一直梦，一直梦到星整个地亮。

小画家说的要是真的，小和尚真想赶紧就回屋，将自己思念的那颗星，赶紧梦得一整个亮。又或者爬上三楼，去看小画家画在屋顶儿上的那颗星，解解馋。

可目下，他还有旁的事情得做。

念完经，小和尚拎着蒲垫回了屋。

他从佛龛旁拿了一坛攒好的香灰，又回到那块青石砖边上。

小和尚就着香灰混着水，着手清洗青石砖上的小偷残留物。

这是小和尚第二次清洗人命。

他还在长身体，腰比腿长。两次钉在血地里干清理的活儿，两次都是铁锨都铲不翻他的稳当。

上一次瞧见那样多的血，他的手掌与腿肚子还像麻雀撞上枪膛子，直哆嗦。

上一次的血腥味儿比这次的，还要难闻些。

上一次的血与肉，呕得他直流眼泪，还叫他晓得了，人的死，原来并不是一蹴而就的，而是会给活人留下许多待办事项的。

上一次他还不会念往生咒。

上一次是他现翻的佛经，现抱的佛脚。

这一次，就不大一样了。熟能生巧就能久经沙场，小和尚就这么闷声洗砖，一声不吭，像是死亡就走在他边上。他真平静。

可他心里明明有秘密，大秘密！大到不能同神明讲清说明，连忏悔都不行。

他只能将这个秘密放进河里当鱼，又或是刷到青石砖底下当泥。除此之外，他还能做的，就只剩叫大家看起来都是清清白白的。

妓女正站在三楼。

她告了脚伤的假，正歇着呢。

她的心里也有秘密，大秘密！大到不能同故事里的任何人讲清说明，连小和尚都不行。

她像个待产的母豹，得尽快嗅寻到一块有遮蔽且欠人气的安全地带，安放手里的两根金条。

她沿着三楼将天井楼彻底研究了一遍，却总不称心。天井楼哪儿哪儿都不够她将两根金条临盆的规格：

自己屋里总来人，不安全；老槐上总挂人，不安全；天井楼楼顶儿总塌方，不安全。

藏鸡窝里头？更不安全！鸡窝里的鸡蛋老是遭窃，天井楼的母鸡都交叉着两条后腿，不肯在窝里下蛋啦。

藏茅厕里头？也不行。总往茅厕跑，邻居话也多，女的要议论你害病，男的要热心帮你的忙。那太不方便她时不时去看望金条。

绕了天井楼一整圈，妓女的心都快给磨碎了，也没辙。直到在天井楼后侧瞧见了青石砖上的小和尚，才叫她心里忽然有了将金条临盆的确切地点。

既然已有了方向，她赶紧圈圈着两条腿，回自己屋里，抽出床底下的尿盆，再将裹在脚底板儿的两根金条藏了进去，又假意去茅厕倒尿盆，顺路将两根金条，放进了小和尚屋内的佛龛座儿下。

谁能指望四大皆空的小和尚屋里藏有荣华富贵？他们谁也想不到小和尚的佛龛底下有两根金条！

且小和尚看起来诚心修行，一时半会儿倒查不出他有什么大逆不道的意向。这就保证了小和尚轻易不会挪移、推翻自己供奉的佛龛。

那么，藏在佛龛下的两根金条，就连小和尚自己，都是无知无觉的。

那么，佛龛将不是佛龛，而是五行山。两根金条将不是两根金条，而是孙大圣。她将不是她，而是唐三藏。只有她唐三藏，能将两根金条从五行山底下提出来！

藏好了孙大圣，三藏就回了自己屋。

她难得在自己屋里开灶，但今天是个好日子，她给自己炒了碗醋熘肝尖儿。

她炒得真快活，差点儿骑着锅铲就飞走了。

她炒的醋熘肝尖儿也好吃。女娲娘娘捏人，头在前边看世界，脚在后边绕世界溜达，肚子在正当中盛醋熘肝尖儿。你说这一切怎么就这么合适呢！

将一整碗醋熘肝尖儿吃进身子正当中后，妓女又盖着拥有两根金条的惬意眯了一觉。

梦里惊醒，说那两根金条嗷嗷待哺，饿得不行，哭得也厉害。顶好妓女赶紧下楼瞧它们俩一眼，瞧瞧要不要给两根孙大圣喂点儿奶。

妓女不敢耽误，更舍不得耽误，她立即圆圈着两条腿，哆嗦

- 112 -

到一楼。

她如今倒不觉得拿脚帮子走路有什么不便了。现在，她的心要比她的脚利索、有劲儿。

她做姑娘时，就是凭着这一双五天爬了八座山的脚，爬出老家那片草原的。

那草原大得无边无际！

那草原大得叫你害怕！

那草原大得叫你以为这个世界就只能铺这么大了吧！

那草原大得叫你想一下子攀缠住这片草原上最纯良、最莽撞的小子，进行一场最原始、最应当的交配！

那草原大得叫你清楚自己就只是个动物，而并不比草叶上的蚂蚱高一等。

那草原大得叫你心惊两根金条在这里，根本使不上用处。

穿过了草原，她就进城做了妓女。

后来她就晓得了，她的脚带着她行差踏错了。

后来她也晓得了，比城里还要大的地方是西洋。她那些下了西洋的姐妹，已遣相识的海员传了口信回来，她们在西洋过得很不错，她们已经不再卖肉，有的甚而已做上了吃肉都有人嚼碎了喂嘴里的伯爵夫人。

你瞧，她们不是已然将行差踏错成功更改了吗！

既然她们可以更改，那么她也可以更改。有了两根金条，她就更可以更改了！

小和尚已刷完那几块青石砖，坐回佛龛前做晚修。

一切平静、正常，两根金条一会儿裹嘴吐奶泡、一会儿补胎觉长身体，正是不便被人偷看、打扰的时候。

妓女慈爱贴心，于是圆圈着两条腿，再度爬回楼上。

路过二楼时，妓女特意绕去了警察家门口一趟。

警察屋里的灯果然还没亮，他人确实没回来。看来他是真放心金条在自己这里。

今天稍早，警察将两根金条送到妓女手里，同她说，他守约，找来了两根金条做他俩私奔的跑路钱，请她千万守好，等他晚上回来一起跑。

她当时嘴上是应了，但心里什么也没当真。

她早就想更改错误，换个活法。可目下，年头乱得柏油路都铺进了地狱里，她可绝不肯在这个时候放下饭碗，轻易就同男人私奔跑路去。

就这口卖皮肉的饭，在这样的乱年头里，碗口都已浅得盛不了汤汤水水啦。

况且，她同警察睡到一处，为的是在天井楼里，有座老鸨以外的靠山。她又不拿警察当真的咯。

地狱里头的小鬼是如何不信阎王也会遭报应的，妓女就是如何不信男人是具有真心的，她更不信警察拿来的、用以私奔的是真金条。

你要晓得，他连几块的嫖资都不肯支付哎。

你要晓得，这可是在乱年头里，给柴火棒刷个漆都有人拿去充当龙椅的呀，大家都假得很。

午间，她为脚伤去了趟医馆。出门时，她屋子的门窗像喜迎八方来贺似的，大开着忘了关。

天井楼的居民一下子都品质纯良、五好市民起来，两根金条就这么被她撒在桌上，也没人肯进来偷。

可见大家都是狠狠吃了老思想、不进步的亏，认定了沙漠里长不出白牡丹来，天井楼里也生不出两根真金条来，这才与两根真金条，见面不识，失之交臂。

她是在医馆瞧见司令太太腕上的金镯子后，起的疑心。两根金条与司令太太的金镯子，两处金子的成色，太相近了。

人家做司令的，总不好意思也送假货给太太吧？

就算司令打心底里好意思送假货给太太，司令也打心底里不好意思叫太太戴着假货就出门不是！

她驾着疑心，一路腾飞，买了猪肝、打了醋。回去拿牙一测，竟然是两根真金条！

两根真金条！真金哪！两根啊！

她的心跌进了海，一会儿涨潮、一会儿退潮。你看着她整个人是顶静的了，可心底下卷着、掀着暗涌呢！

她可是做了小十年的妓女啊，这跟落榜六十年的老秀才终于登一回榜似的，没法宠辱不惊。小十年里，她见识过的男人，一向统一，他们"不提这个""不提那个"。如今竟然真有一个男人"提"得起真心来了？

可真心绝及不上真金，这还是在乱年头里。男人的真心有什么用？夏天的烘笼，都比男人的真心有用。

倘若警察就此不找她交涉私奔与两根金条的事儿，就真太好了。

顶好她立即想出法子撇开警察，自己独留两根金条，才真太好了。

　　那就将两根金条藏起来，藏去警察绝不会想到的地点。等警察回来与她交涉种种私奔事宜，她就同他说两根金条丢了。

　　他不是真心待她，还愿与她私奔？那他就该对她将两根金条"弄丢"，深表理解，更不忍与她清算。

　　你瞧，妓女同警察到底是睡过一个被窝儿的人。他们两人都是自己做不来有情有义、视钱财为粪土，但都能坦然指望他人做得来大义当前的。

　　妓女又在二楼的把角儿等了好一会儿，警察还是没归家。

　　这叫她心底里暗暗有了期盼：

　　警察要是走路时被车撞了、过河时失足了、办案时被人暗算了、吃饭时被豆饼噎住了就好了。总之，他要出了事儿，永不回天井楼了，那才最好了！

　　只要警察肯出事儿，不回天井楼里来，她就仅需再找个恰当的机会，将两根金条从小和尚的佛龛座儿底下拿回来，再买张下西洋的船票，就万事大吉了。

　　西洋那边只有更改了错误的姐妹，而不见逼人走错路的嫖客与老鸨。

　　西洋，是她新的路，而两根金条就是她的脚。她将以自己的真心，与两根金条私奔到西洋去。

　　金条多值得女人与它私奔呢！

　　金条什么都不说，什么都不做，光是它在，就能给到女人所有想要。金条才是女人该与之白头相守的如意郎君！

她现在是不晓得警察已遭了老鸹的绑架的。

她要是晓得，她得快活死，她得脚踏两根金条直飞到西洋海底三万里，抽龙筋、扒龙皮，否则绝不够她尽兴！

麻袋，是卸鱼码头上不要的，老鸹将警察抄上装袋，打道回天井楼。

警察正遭遇老鸹袜子的暗算，此时有口难言。但他哪里肯就安稳待在麻袋里？

到了他这里，麻袋不是麻袋，而是五行山。他不是他，而是孙大圣。行人不是行人，而是唐三藏。

孙大圣以掀翻五行山的精神去对抗麻袋，以提示行人：

麻烦了，师父们，麻袋里有位时运不济的大圣等你们来揭压帖。麻烦了，看过来，请揭一揭帖，拯救拯救俺！

可惜了老鸹的绑架与他的埋尸一样，总因其光明无畏与理直气壮，而无法引起旁人的多虑与怀疑。

行人们就算挨着老鸹身子擦过去，也只认定老鸹的麻袋里，装的是八百多条乱动的鱼，而绝不是其他。

警察察觉不到麻袋或有松懈，或有被抬高放低。麻袋外除了老鸹的咳嗽或喘息，再无别的较近的声响，这叫他晓得难有人来做唐三藏搭救自己了。

他都不明白了，今天的行人们怎么能忍得住好奇心呢？也不来观摩观摩一只关了八百多条鱼的麻袋！

这时，几段游手好闲的警哨声传进了麻袋里。

警察从这警哨声中，听出了吹警哨的，正是他们警队队长。

队长的警哨隔栏跟滚珠，沾了太多口水与陈年灰油，以至显得哨声钝口拙腮。

再听听！

哦！警察又从警哨声中，听出队长早上吃了五个肉包与二十个鸡蛋；中午吃了酒浆蟹黄，没放姜丝，消食儿喝水，喝的是泡了毛尖的井水凉茶；下午捶了五个不肯交代罪行的贼匪，与八个清白无辜的卖书小贩；晚上吃了葱炒腌肉，四川小米辣凉拌豆腐与松花蛋；队长还打算一会儿回警察局，再给六个闹事儿的大学生家中打去敲诈电话……

队长实在累得心慌，以至于吹出来的哨声越来越显短促与日理万机。

队长的出现，令警察认定自己将要翻出麻袋做的五行山。他以在土豆田中给老鸹磕头求饶的劲头儿，来扭动麻袋中的自己，以吸引麻袋外的三藏队长前来搭救他。

队长的声音与脚步近了。

队长与老鸹交谈上了。

队长质问起老鸹来了。

队长要老鸹放下麻袋，打开来看看了。

队长即将解救出警察了！

然而老鸹深居简出的智慧，叫警察的如意算盘落了空："里边是要送到司令府的三只大雁。"

队长："那行，你走吧。"

老鸹背着麻袋里的警察，从警队队长眼前，成功流窜。

他因丢失两颗卵蛋与一根手指而洞悉世事，摆好心态。他刚刚都做好用麻袋里的警察，一把抢死警队队长的准备了。他是真没想到，只说麻袋里装的是司令锅里的食材，就能在警队队长面前畅行无阻了。

做人哪，不如做鸟！

警察已将队长祖上八代与子孙八代都骂化，但他心中还是有希冀的。

天井楼下边还长了一大片花团锦簇的乞丐。他们与老鸨交好，可警察与他们，也不失亲热啊！乞丐们哪一次的讹诈被捕、影响市容市貌，不是他出面平息的？

欠下的人情乞丐们得还！五行山底的他，得引他们来救！

乞丐："麻袋里装的什么？你也开始拐卖女子做生意啦？不怕警察抓？"

老鸨："我麻袋里装的就是警察！"

老鸨与天井楼底下的乞丐，一阵嬉笑怒骂。

老鸨的光明无畏与理直气壮，再次起了功效。没有一个乞丐相信老鸨麻袋里装的真就是个活警察。

这一路的畅通无阻，老鸨自己都难以置信。

虽接连错过了队长与乞丐的解救，警察倒不至于这就心灰意冷。天井楼里还有一位女三藏！

他晓得的，接下来，老鸨会将他带回天井楼，再去与妓女对接、查询两根金条的生死存亡。

到时候，妓女必将两根金条兑现出来，从老鸨手里解救他。

到时候，他趁其不备将老鸨制伏，再将两根金条夺回，也就是顺势的事儿。二楼都推得死那个小窃贼，妓女的屋子可在三楼。

三楼，他还推不死一个老鸨？

到时候，他当真将妓女解救出天井楼"重新来"，也不是行不通。

她终究是招人喜爱的，她肯定也晓得她自己身份低，"重新来"是他给她的恩赐。那么他们俩以后一起过日子，她应该还挺给他省事儿的。

但倘若去西洋的船票太昂贵，那么她的"招人喜爱"与"省事儿"，就有另说的可能。

老鸨与背上的警察同行异梦。他拐着麻袋上了楼，一路最想避开的人，就是鸡屎儿子与神女娘娘。在他俩面前，他总还愿意有块遮羞布。

两根金条，老鸨是向往也势在必得的。留下警察的命，为的是确定两根金条真在神女娘娘手里，而不是警察力求自救的谎言。

倘若这事儿保真，老鸨也是不打算以麻袋里的警察去支付神女娘娘手里的两根金条的。

他不想在神女娘娘面前，继续落了下风。猪八戒初到高老庄，也怕丑，也有将长嘴、大耳与鬃毛收起来的心。

他想，倘若能神不知鬼不觉地窃取了神女娘娘手里的两根金条，不是要比拿警察敲诈勒索到神女娘娘跟前，能遮他的丑？

夜长梦会多，两根金条的下落探取与窃取工作，就定在今晚了吧！

鸡屎儿子今天没画画，这是心有不安的缘故。

他坐在板凳上，瞧着窗外。

今天啊，窗外星跟往常不大一样，一颗颗的都像怀里兜了块大冰砖似的，连累看星的人心里头也天寒地冻起来。

鸡屎儿子从前也有守在门窗口看星等苍蝇父亲回家的时候。但那是在他成鸡屎，父亲成苍蝇之前。

过往与当下的大不相同，令他们父子早都晓得了，等到这时再修补父子情深，已太晚。你不能等马车翻了，再来驯马。

鸡屎儿子屁股底下四条腿儿的板凳短了两条腿儿，这叫他坐着板凳倒像划船。他那颗慌了的心也被切成两份，分别拿去垫了短了尺寸的两条凳子腿儿。心里边的心事也给凳子腿儿压得一会儿流出来，一会儿再给吸进心里头去。

他实在后悔，偶尔一次想扶一扶与苍蝇父亲已翻的车，拦一拦苍蝇父亲往十恶不赦的路上狂奔不掉头，竟然引出这样的意外。

他那时真不该下去二楼的，还同苍蝇父亲在凶案现场，拉扯出那样长而不可告人的话题，并叫二楼的警察给听去了！

颜料里的红色混上蓝色，能成运气东来的紫；黄色再混上蓝色，就能成方兴未艾的绿。这样的混合是可以描绘历史、当下与未来的，是伟大与不朽的。

但"混合"并无法做到总适宜、恰当，就像鸡屎儿子手上沾过人命这样的事儿，肯定就不宜将警察混合进来。

鸡屎儿子有近期逃离天井楼的计划，他连路费都悄悄攒齐了。在计划成功前，他绝不便被二楼警察给揭发，而阻断了自己的一切未来。

鸡屎儿子不晓得苍蝇父亲会以何种更具体的方式，处理掉二楼警察。但鸡屎儿子了解苍蝇父亲。

苍蝇父亲在勤劳与严谨、断绝后患等方面，是绝不够花样百出的。他的懒惰与欠专业，会导致他在犯罪售后行为上的重复。

那么苍蝇父亲处理二楼警察的方式，大概跟他帮忙处理自己与小和尚不可告人的那条人命一致。

这些年，鸡屎儿子以就地嗑跳蚤的心，接连创造假画帮苍蝇父亲还赌债。

如今，苍蝇父亲又以过江烧船的心，接连为鸡屎儿子处理了两条人命。

仅拿算盘一抽、再一打，肯定算不清总体是鸡屎儿子亏苍蝇父亲的多，还是苍蝇父亲欠鸡屎儿子更多一些的。

"父与子"，本身就是本天造地设的烂账。

老鸹将麻袋丢进家门后，就被鸡屎儿子拿两只眼睛一直追着杀。

老鸹不愿将两根还没到手的金条，交代给鸡屎儿子。不然人家肯定得骂，骂你财迷心窍，骂你不给办事儿，骂你不是个孝顺爸爸。

他只能以含糊其词，来对付鸡屎儿子："楼下的警察叔叔也回来了。来，叫叔叔！"

鸡屎儿子眼瞧着麻袋开了屏，露出了里边的警察，还是活的。

苍蝇父亲以半夜下扬州、中午还在家门口的方式处理警察，是鸡屎儿子万万没想到的。他难得在揣测苍蝇父亲的品行方面失策。

警察嘴里也不晓得塞着什么东西，瞧着与闭嘴、灭口很相宜。

他嘴虽然给堵住了，但心里的话还是从眼里流出来了。又因他眼里流出的东西太过有所求了，而被鸡屎儿子给紧急躲避掉了。

鸡屎儿子不敢搭理警察。他对警察很不好意思，也自知不可能答应警察的任何所求。小时候手里没米喂楼下的鸡，他到现在眼都躲着鸡！

鸡屎儿子："叔叔好。"

老鸨："他在咱家缓两天，我再叫他走。"

听到这话，鸡屎儿子其实是松了口气。"缓两天"就"缓两天"吧。最好"缓"到自己离开天井楼之后才好。

那顶好也别去追问苍蝇父亲忽然大发善心，决心"缓两天"处理警察的缘由。

谋杀警察的罪恶，是由自己布置给苍蝇父亲，苍蝇父亲立即完成的，还是等"缓两天"，自己去了西洋后，苍蝇父亲才完成的，这性质绝不一样的。

倘若是后者，那么鸡屎儿子就大可不必将害死警察的罪名，算到自己头上。

等自己离开天井楼，不成样儿的父亲、不成样儿的家与小和尚犯下的人命、警察的生死去留，都将被他甩手关在门背后。自己大可以放心大胆地去迎接新命运了！

等鸡屎儿子睡下，老鸨从警察身上搜出他家的门钥匙，又将警察折成一把安静无言的椅子，安置在屋内一角儿。

这把"椅子"像出自古老神人之手般，极富造诣与技巧，并将灵气与实用性附着于其表面，渗透至其内里。

其鬼斧神工，令创作者老鸨沾沾自喜，其动弹不得，令创作者老鸨放心不已。

老鸨放心地准备出门，临走前不忘嘱咐这椅子要保持安稳："你好好待着，我出去看看。要是真找着那两根金条，我回来就放了你。我晓得你嘴里有我袜子，说不出来话，应不了我。我也晓得我捆你捆得有些紧，你连头都点不了，也摇不了。那你就眨眨眼。好！你眨眼了，我就当你肯配合了。那我再问你一句，两根金条真在她那儿？好！你又眨眼了，我就当你确定再确定，没有诓我。那我现在就去她屋里验证你话里的真假。还是那句话，要都是真的，就有你的活路。要是假的，我叫你死。好，你又眨眼了。那我去了！"

警察没想到老鸨竟然打算跳过中间商，并不拿自己去跟妓女交易，而直取金条去了。这叫他嗅到了一丝危机。

这下子，一切都反了。倘若老鸨取不到两根金条，警察反而会被认定是个骗子，不仅没了反戈一击的机会，还必死无疑了。

他因此诚心祷告，老鸨与两根金条能在妓女手里顺利会师，并强烈地寄希望于老鸨是个信守承诺的绑架犯，在得到两根金条后，真能放过自己。否则自己是绝没有逃出生天与重夺两根金条的"余地"的。

老鸨出了门，小画家也睡下了。警察决心赶紧趁机自救几把。

但你瞧过哪把极富造诣与技巧的椅子，成功夺路奔逃的吗？你肯定没瞧过。逃不掉的警察只好又将不能成功的逃亡，改为静观其变。

在土豆田时，警察并未被老鸨真正活埋。回了天井楼，死亡也还没真正向警察走来。危机的不够刻不容缓与时间的流逝，容易逐步瓦解当事人对当前危机的防范意识。警察在焦心自己命运的同时，不出意外地开始分神。

在这座天井楼里，目前只有警察和老鸹晓得拍卖师一家不是小偷杀的。

那种对秘密独占的滋味儿，是会上瘾的。于是，警察急迫地想要晓得，被小画家杀掉、被老鸹处理掉的那个人，到底是谁？

小画家横看像老鸹拿脚皮捏的，侧看像只斗败的刀螂，一言以概之便是百无一用。

一块脚皮，一只刀螂，能消灭怎样的一条人命呢？一块脚皮、一只刀螂，能够消灭的，只能是比一块脚皮、一只刀螂更加百无一用的人命。

警察开始在天井楼里岁数不过七八或已超过七八十，身高不过四尺或过了四尺也行动不便的居民中，寻找小画家的被害人。最终果真罗列出了几名疑似被害人，并从其中选定了两名最具被害潜质的人员。

一楼公鸡窝旁住的是一户五口之家，穷得很。这家的男人被一户科长家包了车，女人常年帮一户科长家洗衣服。男人和女人还不是同一个科长包的。你可见乱年头里的科长真比浅水河里的王八多。

男人与女人生了两个女儿，女人又与科长偷偷生了一个软骨病的儿子。

女人栽赃是男人在三楼染了病回来插秧，才导致儿子在胎里就是块豆腐。

女人又骂三楼的老鸹子头上长疮、脚底流脓，是从头坏到根儿的，害人不浅。

小画家偶尔下楼找小和尚玩儿，女人最礼貌也得是从一楼追着他骂到二楼，再转过去同拍卖师太太也骂几句才下楼。

两天前起，这家的女人就开始哭闹，说她四岁的软骨病儿子丢了。女人想央警察给跑腿找找。他当时给脚上的鸡眼困住了，嘴上答应了，腿上没答应。

另一名最具被害潜质的人员，也住在一楼。就在小和尚的屋子隔壁，是位老兔儿爷。

厚厚实实一大叠的年纪，已叫这位老兔儿爷的紧俏与健康做了冰雹下的荷叶。

他当年是将手里的一条老藤沙发与两张黄花梨椅子，交由二楼的拍卖师帮忙送进拍卖行里拍卖，才有力给自己养了个马马虎虎的晚年。

老兔儿爷已近七十，松了的皮叫他打远瞧是浪花一层层的，毛发也稀疏欠了光泽。他的两只小眼是兔子一样的红，两片嘴倒不是三瓣儿的，但同样地碎。

他瞧上过小和尚，因此被小画家涂花过老脸。

老兔儿爷来气，碎嘴逢人就说一楼的小和尚同三楼的小画家瞧着也是吃草的一对儿，不干不净！

这么论起来，这位老兔儿爷也有三两天没出门照太阳了。

不论被小画家杀的人，到底是谁，为的什么，"已被杀的人"，是绝帮不上警察脱困的，但"已杀人的事儿"，却叫警察虽被折在角落，但也是含苞待放的。老鸨的"缓两天"，或许足够叫警察从小画家身上，找出逃生与反击的契机！

他们在天井楼做了多少年的邻居了？这还是老鸹头一次进到警察家中。

从前，警察在老鸹眼里还是王法一般的人物。

王法一般的人物，正而高耸地直插进小老百姓头顶的天里，望得你脖子后边的肉枕头一层层地挤着，酸疼。

从前，你要进了王法一般的人物家里，你得塌着肩膀、弓着脊梁、抬不起头来。这还不是人家王法一般的人物，非逼着你塌着肩膀、弓着脊梁、抬不起头来。这是你自己一见了王法，就止不住地整个直不起来。王法多厉害啊，你多不争气啊！那谁还无事进王法家做客？况且，人家王法一般的人物，也从未给你下过进家做客的请帖啊。

警察家里的整洁与规矩，像是从天井楼另撇出去单干的。光这一点就够招娘们儿喜爱与看重了，也难怪神女娘娘不肯对他正式开张。

可一间仅剩整洁与规矩的屋子，又有什么用？

主人已被绑架，它自己也被老鸹突破，它与主人一个二楼、一个三楼，像被王母娘娘拿金簪分隔了。仅以整洁与规矩可搭不上它与主人重逢的鹊桥，你还得看老鸹这个"王母娘娘"将会给出什么说法。

两根下落不明的金条支使王母娘娘的九根指头，将警察家翻了个底儿掉，再以继续下落不明对付着王母娘娘。

王母娘娘也不意外，这令他九成信了警察的话，两根金条恐怕真叫警察交给神女娘娘保管了。那他还得回三楼再找找。

往外走了几步，人都走到门口了，老鸹临时又想起自己心里还有一件顶放不下的事物，得在王法家里尽快瞻仰了。

他走到警察床边，揭盖头似的将警察床上的枕头小心掀开。可警察的枕头底下，哪有什么《国法》啊，就压着两根油纸包的盐水鸭脖儿！

哦，原来在他们公职人员眼里，王法是细条儿的、咸口儿的鸭货啊。

与此同时，这会儿的妓女才将两根金条藏进小和尚的佛龛里，正打算去二楼探警察的军情。她哪里晓得老鸨这会儿已潜进她的屋子，找她的两根金条呢！

虽然说天井楼的三楼，全是老鸨的，可每次进神女娘娘的门，老鸨都拿自己当客人。他心里拘谨，手里也像还欠个果篮儿。

天井楼的屋子都是一样的水泥地皮，红砖楼墙。怎么每次一踏进神女娘娘的屋，他就要草丰林生？他的基层建筑不是已被剁掉，难道仍有废墟未清除？

他将妓女的屋子搜了个仔仔细细。

结果自然是心思、身子、两根金条，哪个都没尽兴！

老鸨气得不行，认定自己遭受了警察的欺骗。不是欺骗最起码也是隐瞒！

为此，他决心对警察做些什么。

他狗追尾巴似的，在妓女屋里又转了两圈，最终抽走了妓女床底下那只洗屁股的铜盆。他悄悄地从家里来，又悄悄地回家去。

万事须得典型，才好达成人的心意。而"没有施暴"的绑架，是"不典型"的绑架。

绑匪老鸨的施暴，用心，也用力。他手里的铜盆创造了西洋电影里才有的雷声，又急又响地劈在了肉票身上。

老鸨："我金条呢！我金条呢！我金条金条呢！"

铜盆已经变了形，底子瞧着还有鼻子有眼儿的，那是肉票警察的半张脸都给烙了上去。

警察已被老鸨揍得逃都不想逃了。

他可算明白了，孙大圣有能翻登十万八千里的双手双脚，还有能寻去斜月三星洞拜师学艺的脑袋瓜，可给人装进葫芦里、压在金铙下，照样逃不出去。

大家都是一个样儿，一旦长成人形儿，该挨的打，到了什么时候都得挨，该逃不出去，就怎么也逃不出去。

况且警察也算不上完全的冤枉。

你为两根金条，能推人下楼，将人从人间挪到地狱里头，你就想不到妓女也能为保卫两根金条，将两根金条挪进佛龛里？那你也别怪空跑一趟的老鸨，要误会你嘴里没句实话，要对你下狠手。

好在挨一顿揍也不是完全没有益处。警察身上的麻绳，向下、向外泄了点儿。

他成了松了几颗铆的椅子，肢体也有了再次向老鸨下跪的空间。他的脚虽给绑到了手心，一弯腰屈膝，头就得猛栽在地上长久地杵着再起不来，但他甘愿就这么保持着。

盆在人家手里，你顶好就乖乖巧巧的。人家要劈你呢，你姿势好，人家也省力。人家要不劈你呢，你也有自己的姿态。

鸡屎儿子给"雷声"惊醒，走了进来，正撞上苍蝇父亲在厨房拿铜盆抽人肉陀螺。

晓得父亲做绑匪，并不太有经验，鸡屎儿子觉着自己不得不给父亲些提点："长虫吞蛤蟆，蛤蟆难受，长虫也不好过。要么，您一天也别缓了，立即将人处理了，咱们都解脱了。要么，您立即将人放了，咱们都进牢里。要么，您就别动他了。"

老鸨接了鸡屎儿子的圣旨，立即丢了铜盆。再瞧警察已哭得像条鼻涕，老鸨因此彻底没了脾气。随手拽了块擦灶台的抹布，给警察擦脸又擦泪。

老鸨："你都不问你老子，为什么缓他两天？"

鸡屎儿子："反正不能是我爸爸皈依了佛祖，要彻底学好了。总之，您别给自己缓进大牢里就成。"

老鸨："傻儿子，人命我一条没动，我进什么大牢？"

鸡屎儿子："您也别总提醒我手上有人命，我自己给自己记着呢，死也忘不掉。可他都给您折腾成这样了，他是下凡仙家，就差着您一顿打给他渡劫飞升呢，还是您救过省长的命，腰里揣了免死金牌？手里没个他的把柄，咱们父子俩在他这儿，一个下场。"

苍蝇父亲对警察的这顿拷打，令鸡屎儿子确信，苍蝇父亲对警察的"缓两天"，并不是苍蝇父亲还未下定谋杀的决心，而是他对警察还有别的所图。

这叫鸡屎儿子无法再态度暧昧、不明讲了。

他较往常更有义务提醒苍蝇父亲：

"图谋"与"陷阱"是双生的个头儿，一边大。只要苍蝇父亲对警察有图谋，警察身上就永久有陷阱。

倘若苍蝇父亲为了图谋的东西，而与警察达成放其生路的交易，他也希望苍蝇父亲在交易达成后，还是杀掉警察。

警察晓得了鸡屎儿子杀人的秘密，也遭遇了苍蝇父亲的暴打，那么活着的警察，就是陷阱里的铡刀。而他们父子，是不该枕着铡刀睡觉的。

他还可以等"缓两天"后，就逃离这一切。可他总不能眼瞧着自己的苍蝇父亲往死路上走，而不拦一把吧？因此，警察必须死！

对于警察，鸡屎儿子真惭愧啊。

现在，在他知道的真相里面，警察还未做过什么坏事儿呢。因此他的心，重得直砸脚面。

他打小就愿做颗有亮儿的星。可天上的星也不是一直光明的，星是先藏在黑暗里，才后有的亮儿。

他回到床上，瞧了一会儿屋顶儿还未画成的芒星，再闭眼梦天上的星。

一向的，没有不做梦的，只有梦不醒的。

谁没做过做甲等好人的梦？后来被过进日子里，就只想做乙了。最后又都成了丙与丁。

警察出不了声，但心里已经骂上小画家了：

小杂碎！就你顶不是个玩意儿！

老鸹："你是愿意我不信你了，就地杀你，还是愿意跟我聊聊，两根金条怎么不在她家？想死，眼眨一下，想聊，眼眨两下。好，你想聊。那嘴里的东西，我给你拔了啊。别喊！别跑！我杀人！"

袜子塞得有些紧，密不透风的，还拽下了警察的几颗板儿牙。

重新获得发言权的警察，立即向老鸹申辩自己的清白："哥，您误会我了！那到底是两根金条，您当是桌椅板凳、锅碗瓢盆呢？她能就那么摆在屋里，任由旁人发觉、盗走？"

　　老鸹："你反问我呢？"

　　警察："哥！您等我再组织组织语言！能挨金条的揍，我绝不愿挨铜盆的揍！她人在屋里吗？"

　　老鸹："不在。"

　　警察："那就对了！金条太重要了！她肯定不能就这么放屋里！她客人多！您得时刻跟着她啊！看她给金条转移到哪儿了！"

　　这番说辞确有道理，叫老鸹想要再度相信警察："金条真在她那儿？"

　　警察："我在您手里有多真，金条在她手里就有多真！您只要把我放出去，我保证叫她把金条全给您！"

　　老鸹："她保证？还是你保证？"

　　警察："我保证！"

　　老鸹："你凭什么保证，她会为你交出那俩金条呢？"

　　警察："我凭爱情！"

　　老鸹："你多大？"

　　警察："一场风花雪月能叫人年轻十岁，您看不出我快五十了吧？哥，您得信这个！"

　　老鸹："我以前要不是信这个，还不至于这么倒霉呢！哎？到最后，我把你放出去，你能不逮、不报复我？"

　　警察："那肯定！顶好我跟您风雨同舟，两根金条，您分我一根，不然您肯定觉着我不可信！"

老鸨："你他妈一百个不是好人！"

老鸨嘴上在骂人，但心里已经开始松软。你叮见两根金条，还真是股绝顶的变数。

天井楼已付出的五条人命、警察的行凶、老鸨的绑架，不都是这股变数造就的？

两根金条还叫老鸨对警察的处置方向与模式，有了变数。从老鸨将警察带进土豆田，再带出土豆田，再到目下，这股变数就已将之颠倒了几番。

就连鸡屎儿子刚才对老鸨的"点拨"，也全败给了这股变数。老鸨竟然真打算跟警察瓜分两根金条了。

那两根金条，老鸨是亲眼瞧过的，个头儿都不小。

这可是乱年头啊，那样茁壮的金条往讲理了卖，一根得值个几十万！

还那十三万的赌债是阔绰的，保下三根手指绝对有余。

倘若不是鸡屎儿子闹出的人命露了馅儿，老鸨绝不想自己也闹出人命。只要不到闹出人命那一步，他不必自认是个十足的坏人。

经土豆田里一遭，已叫老鸨对警察有了崭新的认识与绝对的信任。老鸨信警察也是个路上遇追兵，率先将太太、孩子丢下车的枭雄。拥有这样精神气的鸟人，是可以将良知与真情也丢下车，而被金条收买的。

那么一根金条用来打发自己，还赌债，保手指，留本金。

一根金条用来打发警察，不杀警察灭口也能将鸡屎儿子杀人的秘密盖住。这多好呢！

再说额外的，他都分了金条给警察，那么警察大约也不好意思，再来同他清算今晚的这一顿打。或者他今晚这一顿打，权当抵消警察之前未结算的嫖资了嘛！大家都无相欠，这多好呢！

但只是如此，还不够周全无后患。老鸨释放了警察的一只手，要他供罪并画押。

老鸨："两根金条要真到手，我匀你一根。"

警察："哥！"

老鸨："我不想闹人命。"

警察："懂！要都有了金条，咱俩就是蚂蚱拖蝗虫，肯定齐力合心！哥，您儿子闹人命那事儿上，我做蛤蜊王！您儿子就是我儿子！"

老鸨："滚你妈！你把你怎么推死那人的经过，写下来！"

警察："懂！咱们两家人手上都沾了人命，都有把柄，才都一路顺风。"

老鸨："困了。"

警察："懂！我言简意赅！但是啊哥，我是说假如，假如，绝不是真的！我是说假如，我日后不认我今天写的，就说全是您逼我的，您可怎么办好呢？"

老鸨："你就不该把那两根金条藏她那儿。多了这一步，你就什么也抵赖不掉。除非你把她也给杀了，除非你永远也别花销那根金条！"

警察："懂！懂懂懂！为了金条！"

老鸨："为了金条！"

夜被整个地沉去了深海底，静得骇人。

天井楼里的门窗都已紧闭，人也都躺下了。

搭配这样的夜，天井楼这会儿真像座安详的古墓，平和且辽阔，架也没有，仗也没有，人气儿也没有。

倒是镇压在佛龛下的那两根金条，永恒地、没日没夜地具备人气儿。

它们原本被压在山下、地底，完全的废物。哪天被人开采出来，便一路封了王侯，见了世面，招人喜欢，受人爱戴，引发战争，维持和平。

它们自己都想不通，自己怎么就这么值？怎么就塞哪儿都管用，又都是个祸害了？

自己明明什么都没干，光这么待着不动了，就自动成了救赎与祸害。真他妈邪门儿了！

各怀鬼胎

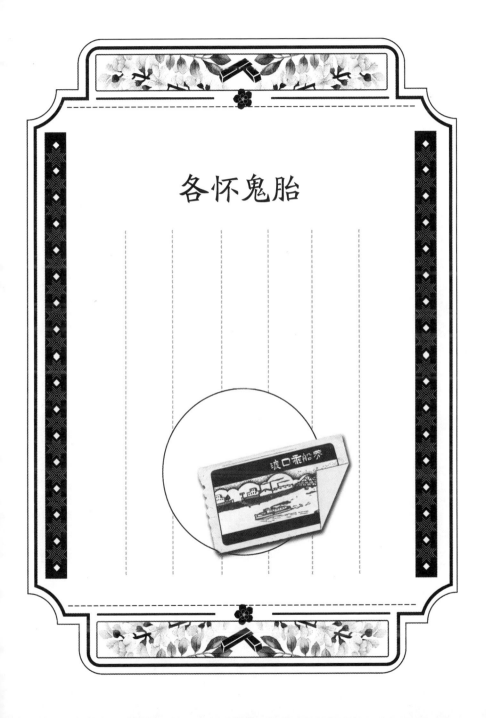

两根金条是人的天堂，

人是人自己的地狱。

已经正式入了秋，还有力爬上天井楼三楼的蚊子所剩无几。所以应该不是蚊子的罪过，而是与蚊子一样恼人的欲望，造成的老鸨浑身刺挠。

　　老鸨后背与小腿叫他自己抓出了横的、竖的、斜的红色印子。他再拍拍后背与小腿，还能抖下白色的皮屑。阳光一照，满天井楼的寄蜉蝣于天地。

　　不得已，他向神女娘娘借了硫黄皂，冲了个凉，可这股刺挠还是没能平复。

　　老鸨这几天一直悄悄跟着神女娘娘，发现神女娘娘常私下外出接客，接的还都是些跑西洋船的海员。

　　这些海员除了常将西洋病染回来，也没旁的差劲儿的地方了。

　　他们有眼界，会唱歌，还从不与妓女们讨价还价。大方一点儿的，还送空香水瓶、可乐瓶盖、牛仔裤上的铆钉、雪茄吸到尽头的烟屁股给妓女们。

　　这都没什么的。神女娘娘想多赚点儿钱，不想分钱出来给他，真没什么的。

哪个深有本领的员工愿意次次同老板分红？哪个老板敢不对最赚钱的员工睁一只眼，闭一只眼？不聋不哑，难做家翁！

可那两根金条，还并未被老鸨从神女娘娘身上侦查到呢！

倘若没有那顿铜盆的劈打，老鸨又要怀疑警察其实并不晓得两根金条的下落，又或者并未将两根金条交给神女娘娘保管了。

那么她到底将两根金条藏到哪里了呢？

外边到处闹妇女解放，女人要经济权利、要社会地位、要与男人平等的权利。但老鸨认定男人、女人是永无平等结局的——光是拍卖师与妓女在"藏金条"这一项上的智力，就足证男人远逊女人。

神女娘娘上船接待海员了。老鸨不好再跟。

跟过去做什么呢？助威还是钻研？抑或是防备？防备什么呢？神女娘娘又不至于将两根金条掏出来回馈海员的光顾！

到了"光顾"这一步，老鸨不仅不该跟过去，他还得极力避着。

路边有个枯瘦如柴的馄饨摊。

沾了年头乱的光，馄饨摊也晓得大家现在都过得马马虎虎，那么它也可以经营得马马虎虎了。它要还像从前那么争气，大家可就都不甘心继续埋头过苦日子了。

它的馄饨皮儿比老鸨现在的脸皮儿还薄，馄饨馅儿像是从狗嘴里才打下来的。蘸料里边的酱油比从前咸多了。这是盐多，卖的酱油才占斤重的缘故。可你省了酱油，费了盐，又能讨多少巧？

老鸹家里没钟，手上没表，但他有自己的一套时间测量方法。肚子一饿，就是六点或十二点了。

最近太忙、太慌，他给妓女当狗仔时吃的饭，比他上赌桌时吃得还少。最近他常饿得头晕，放屁都没什么味儿！

他就地坐下，要了一碗猪脚馄饨，才吃了两颗，一颗心就被酱油腌得皱皱巴巴。

人啊，心里一皱巴，脑子里就要往外冒哲学。

老鸹在哲学深海里乘风破浪，勇捶酱油巨怪，并认定两根金条本身，并没有两颗质量欠佳的馄饨贵重。撇开交易买卖与市场价值，两颗质量欠佳的馄饨，还能用来填肚子。两根金条能做什么？废物两个！这全是拥有金条与大本领的人，逼迫没有金条、也没有本领的人认定，金条就是比馄饨重要。

等哪天他老鸹也有了大本领，他老鸹必定也要去逼迫没有馄饨、也没有本领的人，认定两颗馄饨就是要比两根金条还价值连城！

当然了，等他真得着那两根金条了，实不实践上述哲学，也就另说了。

只是现在老鸹确实仍处于没长出太大本事、也没得到两根金条的关键时刻，他还不能以哲学里的馄饨去对付债主。两根金条也急需他以夸父追日的魄力，继续搜寻其下落。

一碗馄饨的时间，令老鸹想清楚了，不到最后时刻，他还是不愿为了两根金条，而以恶劣形象直面神女娘娘的。可倘若到了不得已时，他也只能不得已了。

馄饨摊旁边有个加汤的水桶，外沿箍了三圈和丰纱厂的下脚料。

棉纱绳，结实，也软，捆人牢固，却不大疼，还蛮适合拿来绑架神女娘娘的。老鸹想。

就在老鸹谋划以棉纱绳绑架神女娘娘的当口，他的目标对象已从他身后悄悄过去了。

妓女老远就瞧见馄饨摊旁的老鸹了。

她脚底的伤好多了，因而重新具备了原先的速度。她特意绕过馄饨摊，自己先走了。

老鸹最近像是对她起了什么疑心，跟个粘了糍粑的老狗似的，总是闷声不响地粘住她。

老鸹用了她的硫黄皂，因而他跟着她，她看不见，却闻得出来！

她也琢磨呢，警察将两根金条交付给她，那是情种深耕的缘故。可警察又不与老鸹攀交情，自然不会将两根金条的事儿，告诉老鸹。倘若老鸹并不晓得天井楼里有两根金条，那老鸹对她的跟踪，为的肯定不是两根金条！那么，他这是为的什么？

讲起来也有几天没见警察了，也不晓得警察哪里去了，真不回来了？

最近真是喜鹊全落她头上了，两根金条竟是最终握紧在她手里了？

可即便如此，老鸹也还是捆住了妓女去小和尚那里看望两根金条的手脚。哪儿有母狼携带猎户去探望自己幼崽的？他拎着果篮儿去，也不行啊！

妓女忽然想明白了，她早晓得老鸨对她的心思。那么老鸨最近的跟踪，为的是她出来见海员的事儿，不痛快了？他有什么好不痛快的，他连一颗卵蛋都没有。

可她到底还住在天井楼三楼，还没搭上去西洋的船。她不好转过身来直接去撕老鸨的油包子脸。

她到底还当老鸨是块公鸡冠子，大小是块肉。那么，他实在愿跟，就让他跟吧。

去小和尚处取金条的事儿，她可以再另外琢磨，就是得尽快了。

妓女已从海员口中打探到，年头太乱，大家到了这时，都赶着做君子，不立危墙下。去西洋的正经客船票，已被卖到了三个月后。

料定省长最终要去种菠萝的那批达官贵人，这会儿紧急做了省长裤兜儿里的一把钉子，都暗中冒头儿想出来，就连他们想买船票，也要排到一个月后。

去西洋的货船倒是也能带人，锅炉房里都能卖上座儿。就是轮到妓女这儿，她就只能扒螺旋桨了。

但也不是完全的没法儿。

你晓得的，不论升学、入职、看病、捞人……本来办不成的，只要托了人情，也就办得成了。

可人情多值钱哪，紧急时，人情还趁火打劫呢！

妓女想登一艘十天后去西洋的锅炉座儿，得托大人情，花大价钱！

妓女特意绕到金铺问了个价，以现在的行情，船票加人情，刚好是一根金条。

好嘛！也不晓得是金条特意为船票与人情准备的，还是人情与船票，特意为金条准备的。就这，还不一定就能给办成！她得在开船头一天，带着金条来同海员商议，才能晓得自己到底能不能讨到与锅炉、煤炭同行去西洋的殊荣。

反正一切都挺困难的。

但正因这唾手不可得的困难劲儿，才叫她觉得，这事儿真可靠！

船票要买，西洋要去，金条要花。

但不能太急，也不能不急。

妓女又去太平商场买了块硫黄皂。送老鸨的。

他身上得一直有这个味儿，她才好避开他。

妓女可真快活，回天井楼的路上，吸进她肺里的空气都是彩色的，能染醉高楼大路的。但路一长，她的脚还是隐约地欠舒畅。因此她决定在去西洋前，给自己买双新鞋。

新鞋踏新路，才能叫人的"想争气"不是一时的、不是冲动的，是到了哪天都不至于走到弹尽粮绝里的。

刚刚在太平商场，她不是看见了一个卖回力鞋的柜台吗？她已打算好了，过几天她得再来买两双回力鞋。一双给自己，一双送小和尚，权当是对他在不知情的情况下替自己照看两根金条的报答。

屋顶儿上的芒星，小画家也想在离开天井楼之前画完。前些日子常往警察局附近跑，从今天起得加紧补缺。

小画家还不晓得，自己跟妓女，将在同一天登船离开天井楼。

他的船票，是早在"大震惊！省长即将回归田野种波萝"事件发酵前，就预订下的。

买船票的钱，是他画画卖的钱，一分分攒下的。

老鸨不信小画家画自己的画，能日进斗金，这倒不算完全的错。但架不住小画家日积月累，给自己挣出一张光明的船票！

小画家因有了老鸨这样的父亲，而亲自晓得人要有人疼爱、有人尊重，才有光明。人要没人疼爱、没人尊重，就得自立、自信。

你不自立、不自信，那你连老槐上的毛虫都不如！

一个画家，怎么能总画赝品，而没有自己的画呢？就像一个将军，不能没有自己驯服的马！小画家立志要驯服自己的赤兔马！

画自己画的材料，都是小画家从自己的口粮里克扣的。画得合意但吃不饱，那你说他能不像只小猴儿吗？

他要不像小猴儿，能量守恒定律都不作数了！

屋顶儿的芒星缺亮处，叫人看着不如意，不是个艺术。盘里各色颜料都快见底儿，小画家就自己创造颜料，炭炉渣、白墙灰、槐花黄，他都用上了，但到底还是欠缺点儿意思。

警察瞧出了小画家创作条件上的艰难，立即将客套话趁热递了过去："等以后，叔叔给你买颜料。你有什么事儿，都能跟叔叔说。"

几天的关押与相处，警察的身份迅速飞升，人已从厨房被绑到了内屋。

老鸨不在家的时候，他嘴里没塞，身上没绳，舒坦得像是进老鸨家做客的。

这是小画家给开的恩科。

你放心，小画家是个到位的画家。他实则比他的苍蝇父亲要擅长整体布局。

哪儿的景儿该紧，哪儿的景儿该松，他天然地了解。

他比他的苍蝇父亲，更像力压警察的五指山。

警察也自觉，业已考成一个一级甲等的状元肉票，不呼救、不逃跑，喷嚏都不轻易打一个，即便是打也得提前向小画家报告，做肉票，他模范得很。

当然，肉票的乖巧，也有小画家手里另握一把警枪的功劳。

你说这破落的天井楼里，怎么就出了他这么个得道的太祖太宗呢！

但太祖太宗前几天过得属实很不踏实。

警察"丢了"几天，他家也没个亲朋问问望望，警察人哪儿去了？

这给小画家父子添了许多方便。事实上，做了几年楼上楼下的邻居，就没人见过警察家中有客来仪。况且人在乱年头里，要么逃命，要么逃荒，大家都忙，没客正常。

小画家怕的是警察局不甘心丢了个可供使唤的职员，要进天井楼来找人。

小画家就快走出天井楼了，是真不能在近期再闹出事儿来的。到了年根儿底下闹猪瘟，这谁受得了？

又等了几天，警察局还是没动静。

　　小画家更担心了，实在怕警察局因丢了警察，憋出个叫人意想不到的大解救。因此，他还亲自去警察局门口兜了儿趟。警察局门口有卖花生米兼卖烟的小童，小画家时常挨过去捕捉军情，以确保得来的消息真切可靠。

　　直到午饭点，警察局里出来几个配步枪的警察。

　　几人就着烟和花生米，煮了一锅闲话，上到省长的菠萝及姨太太，下到队长家的狗，全给糅在一口锅里焖炖，提神醒脑，色香俱全。

　　小画家从这一锅闲话里头，挑了一筷子出来自行品味：

　　警察局里少了一个同事，几天了，没见人。就是那个与队长太太搞破鞋的！也不晓得队长晓不晓得这事儿？

　　不晓得！这事儿，就连队长家的狗都不晓得！

　　想吃狗肉了。

　　那得到冬天了。

　　小画家确信了，警察局的人确实都晓得局里丢了个同事，但没人打算找。这是省长将要去西洋种菠萝的乱年头，一个住在天井楼二楼的小警察，都不及一顿狗肉值得警察局的人去找。

　　那小画家可就彻底放心了！安生回天井楼，等着登船去西洋吧！

　　目下，小画家瞧着警察，心头肉上忽然渗出人腥味儿，一股热血又往回涌。

　　小画家一时分辨不出自己与警察，谁更可怜？自己就快要走出天井楼了。他呢？他被自己暗示给苍蝇父亲，不该活下去。

你瞧他那一双大眼睛，真怪叫人于心不忍的，非自捅两刀给他作补偿才好！

讲起来，二楼的警察叔叔，人还是顶健谈、热心的。

他这几天常跟小画家谈理想、闲聊天、扯家常。交谈内容有关天井楼一楼的居民，并主要集中在生过软骨病儿子的那户，与人称老兔儿爷的那户。

小画家除了之前挨过这两户的骂与构陷，与之也没有更深的情仇或接触了。但软骨儿与老兔儿爷的事迹，经由警察的渲染，已极富故事性与艺术性。

或许有一天，小画家也能将他们的故事画成壁画呢！

艺术是这样地讲究情绪！小画家可不想自己滚热的情绪，这么落进这座不争气的天井楼里。他一定得成功离开。

警察："你杀了谁呢？叔叔是做警察的，帮你脱罪没困难！"

这话叫小画家的心里，跟才孵了小鸡崽儿似的，毛茸茸的、暖呵呵的。

可他这个做警察的，都无法帮助他自己从他们家里逃出生天，他又能帮谁脱罪呢？

况且，苍蝇父亲帮忙处理掉的那名死者，实则是小和尚一人杀的，小画家只是做了个仗义的晃盖，他确实没沾人命。

小画家根本无须哪个为自己脱罪。他只是不愿这事儿再扯出什么风浪，别害了小和尚，也拦截了自己离开天井楼。

小画家："我没杀人。"

自己都与这孩子谈到这样具体的交情了，依旧没套出他到底杀了哪个，他还抵赖呢！

警察心口的热情遭遇了寒流，只剩了几口热气。警察瞧小画家，越瞧，越觉着他深，真深！

他忽然发觉自己先前轻瞧了老鸨与小画家这一双父子。在天井楼十几年的生活阅历，恐怕已使这双父子成了两块橡皮，一块皮，一块皮中带硬。

那这是自然的，一个当警察的，自然审不了两块橡皮！

无法从小画家的口中得知受害人身份，警察就无法合情合理、不至于引发小画家疑心地向小画家兜售人情，从而达到自我营救的目的，又或者仅换取小画家将手里的枪口往下压一寸的情面。

警察是一定得尽快从老鸨父子手下逃脱的。

你要晓得，目下对两根金条到底被妓女转移至何处同样两眼一抹黑的他，于老鸨来说，实则已无用途。他还掌握了一门老鸨儿子杀了人的罪行呢！按理来说，他这不比扎了脖儿的老鸭子还该死？

可老鸨还是许愿分享一根金条，作为他二人日后相安无事的费用，可见老鸨是真不想杀人，也是真心实意地想将他放生。否则早在那夜，他就给铜盆劈死了。

但，这是老鸨在真得着两根金条之前的想法！

两根金条是人的天堂，人是人自己的地狱。

在亲眼瞧见两根金条之前，警察也绝无法认可自己将会为了两根金条而害人性命，推邻居下楼。

这个真理放在老鸨身上，也必定同样适用。

等哪天真得着两根金条了，老鸨就真能与警察区别开来？就真能异军突起？就真能甘心情愿地，与早该死在自己手里的人瓜分两根金条？

你但凡是个人，是个穷人，都抵御不住金条阿娇的媚眼儿！

况且，警察已先老鸹一步，真得着过那两根金条。那两根金条，在他这里，即便老鸹肯让出一根，他也一根都不让！他得将两根都拿走！即便是要将老鸹与小画家都杀掉，他也得两根都拿走！

老鸹还没回来，正是逃跑的好时机。但自己的警枪还在小画家手里。

小画家加警枪与子弹，就等于能杀人的警枪与子弹。小画家减去警枪与子弹，小画家就什么也不是，就是只小猴儿。

警察十分明确，自己要躲避的是自己的警枪与子弹。

颜料都见底儿，小画家的专心要分出一大部分来创造稀缺的颜料，因而落下了自己的后脑勺。

警察相中了小画家的后脑勺。

朝那里奋力捶下去，他是可以轻易从一只小猴儿手中抢回警枪的。真太好了，警察都准备去扯板凳腿儿了！

还没等他付诸实践，小画家先开了口："叔叔，您想走就走吧。"

这下倒是把警察弄迷糊了："你放我走？这事儿，你问过你父亲的意思没有？"

小画家："您走吧。但您的枪得留下。"

警察："你爸，该不同意这事儿吧？"

小画家："他同不同意，我也得放您走啊。"

小画家没说再多，但手里的警枪口，真往下压了。

真是只好心的小猴儿！

警察赶紧收拾脸面，走下台阶。

这就能逃出来了？你说你找谁说理去！

警察没跑太远，先拐弯儿进了妓女家。

她不在家，他日思夜想的两根金条也不在家。

他串起来了！妓女定是出天井楼置物、揽客或者藏金条去了，老鸨也跟着她去了，这才两个人都不在天井楼。

那真该赶紧走了！

小猴儿犯了好人疯，都将自己放出来了，自己可不便再给老鸨捉回去了。那真就死路一条了。

他还没拿上两根金条去西洋，无法彻底地无法无天。

老鸨手上可有自己的认罪书。自己杀了人的事迹，不便在这时被老鸨传播出去。

警察已做好了打算，他要先回趟警察局，再偷一把哪位同僚的枪，尽快将老鸨击毙！最好是偷队长的警枪。

哦！对对对！队长太太能够上队长的枪！

等拿队长的枪杀了老鸨，他再回天井楼找妓女，跟妓女要回两根金条。

她将两根金条藏得那样好，老鸨跟着她找了这样久，也没找着。她这是替他操神劳心呢！好女人哪！

秋天了，树跟事儿，都该落果儿了。

天井楼的老槐有秃顶的趋势。公鸡眼巴巴地站在老槐下，与老槐一道儿低下上了岁数的脑袋。也不晓得它们都忐怎什么呢？

警察冲下了天井楼，正好瞧见公鸡要叫什么、要向谁预警什么。

他一把将公鸡的脖子握断，才跑开。

老鸨回了天井楼，钉在楼底下就这么往上看着。大鸟在天灵盖里打转，汗也从脑门直淌到脚底板儿，给他皮上敷了一层白咸霜。但他身上的刺挠倒好了。

天井楼三楼已点上了媚眼儿灯，因而比白天又热闹了点儿。

妓女们都是劳模，勤劳上进，兼具深不可测。在人中、灯下，发放召妓手牌，谈笑有鸿儒，稳坐中军帐。

打从馄饨摊上走开，老鸨就在想，自己实则已将神女娘娘跟丢不少回了吧？两根金条这才与自己错失到如今的吧？

他白天盯，晚上盯，时时盯。几过赌场大门而不入，他他妈都快将赌瘾给戒了！

人神女娘娘都不晓得他在盯她，随心一晃，他就盯丢了人！那他还盯个什么呢？

他不如将两只眼珠抠出来，扔地上，当作灯泡儿踩了吧！

老鸨就地蹲下去，就他妈两根金条，就他妈还个赌债，就他妈不想挨剐，怎么就这么难？造反都较这容易！

从馄饨摊顺来的棉纱绳，就卷在老鸨兜儿里。

他打算等今晚楼里的人一散，就将妓女绑了，问她金条哪儿去了！管他妈谁啊！盯他妈谁啊！不绕远了！

妓女下了楼，将新买的硫黄皂塞给了老鸨："先生，怎么不上楼？身上好了吗？还痒啊？我那块皂用完了，今天出门特意给您又买了一块。收下吧，不要客气。"

　　老鸨在女人面前，永久地担不住事儿，永久地脸皮儿太薄。如果秋风是一名女性，吹他一口，他浑身的皮立即得全变成粉红色！

　　他真怕女人好。

　　女人一好，他脚后跟就刹不住车，他就得抛头颅、洒热血，他就得举刀冲锋。

　　老鸨自己心里也明白的，这么多年了，两颗卵蛋的牺牲还抵不上一块鸭蛋大的硫黄皂。自己在女人面前，还是没成长。硫黄皂顺势还收服了自己兜儿里的棉纱绳。两根金条的收复路程，自己还得绕远哪！

　　就在这时，警队队长带着人、带着枪，一道雷似的劈进了天井楼里找人。

　　听响动，就是来找二楼警察的。

　　老鸨与妓女，各怕各的，俩人俩心全给这道雷劈碎在地，上手拢都拢不成堆。

　　老鸨比妓女更没主意，等警察局的人在自己家里找到警察，自己不得给当场毙了？赶紧跑！

　　可自己要就这么跑了，挨毙的就得是他那个鸡屎儿子了，那他不就真绝后了？

　　老鸨只得提脚上楼，准备周旋或赴死。

　　可哪个晓得呢，像是雷公突然走了神儿，警察局的人又一道雷似的劈到了天井楼外头，全撤了。天井楼里，又全相安无事了。

　　老鸨赶回家，鸡屎儿子还画着呢。警枪在桌上放着，警察却不见人了。

老鸨全明白了，警察早跑了，难怪呢！

再转身出门找警察吧！金条没分到手，警察就成不了可靠人，警察绝不能丢！

鸡屎儿子稳得像城门楼上的诸葛亮："您先别急，他快回来了。这次回来，他就哪儿都不去了。"

老鸨："这话怎么说？"

鸡屎儿子："人是我放走的。"

老鸨："您是我太爷爷！"

老鸨一路大骂跑下楼，皮上才薄敷的一层白咸霜再化开，汗从脑门再淌到脚底板儿，浑身上下又开始刺挠。妓女送来的硫黄皂怎么就这么适宜？像是就等着他犯刺挠呢！

老鸨跑出天井楼，刚拐进一条漆黑的巷子里，正瞧见警察拎着两袋凉菜，回来了。

新鲜了，难不成鸡屎儿子，真成了诸葛亮了？

警察："哥，回来啦？饿了吧？正好！我买了芫荽豆皮儿跟盐水鸭脖儿。走，咱回楼上喝两杯！"

老鸨："你就这么出去又回来了？"

警察："不远！就到老街。那边生意真不比以前了，没人！乱年头，哪儿的日子都不好过！就这俩菜，也不够啊，我回去再给咱们仨炒两盘菜得了。哥，咱家有什么能做的没？哥，您怎么不走啊？我还得跟您回您家呢！对啊！咱找着金条前，您可还得绑我进您家里头！您不给我绑着，我都怕您找金条不尽心！"

太主动了！

你即便没绑过人，也该知道这张肉票太主动了。老鸨都恍如隔世了！他当这是自己即将分割出去的那根金条立下的功劳。

但警察自己晓得这里边的原委啊：

他跑出天井楼后，直接去的队长家，后来也回过警察局，但都是死路。也不晓得哪个杂碎向队长报告了他与队长太太的事儿。队长这会儿正带人满城扑杀他呢！

他觉着自己也真冤枉。他一向是敬重、肯定队长的。是队长太太先引动的他，他要是不纳下太太的美意，不也是对队长的一层不尊重、不肯定？

手里没根金条，哪儿都不好去。现在，他自己家肯定最不能回。他是想去找妓女的，可她屋里现在肯定有人来往，被人撞上，难免走漏风声。

老鸨家倒是最安全，老鸨可是仅有的、必须得将他严藏的那个人。

那么，他就跟橡皮父子失散再团聚吧，先不跑了吧，硬赖着吧，顶好与他们父子亲亲热热的吧，那他的日子也好过！

这里的秋天就爱生这个毛病，总是才来就想走，完全不拿天底下的人当回事儿。但它又实在天干物燥，适宜洗衣物、晾衣物，干得快。

天井楼里，哪家的收音机声比老鸨晾出的裤衩儿还破烂、悠扬，被风卷着，从天井楼的最东头儿荡到天井楼的最西头儿：

"省长选举全面溃败……我省黄金价格同期飙升至 35 美元每

盎司……"

天井楼里旁的人家，都是孩子捡父母改小的衣服穿，弟、妹捡哥、姐改小的衣服穿。只有老鸨的鸡屎儿子独一个，穿老鸨花钱买布、请裁缝做的一手衣裳。

老鸨这几年观察过，鸡屎儿子的屁兜儿总是比裤脚干净，可见鸡屎儿子就没怎么长个头儿。直到最近，老鸨前年给鸡屎儿子裁的卡其裤，才终于短了一厘米多。

老鸨心里热泪盈眶，觉得自己终于被对得起了，鸡屎儿子虽然比土豆田里的秧苗还欠苗壮，但好歹还是有点儿长势了。

老鸨还想看看鸡屎儿子的裤子上，有没有其他内容的脏。就是那种古老的，父亲料定儿子开始想女人了，该给儿子预备房产、篱笆、猪、牛、羊、驴的脏。

没有？那他最近老往外边跑什么呢？

做儿子的总得往大里长，做父亲的该预备的总得预备。不然真等着儿子娶不上媳妇儿，叫老鸨家绝八代呢？

可一根金条就这么一个身子。一个身子要给他们父子俩办这么多事儿，那它不得有心无力？真难为它了！

可倘若另一根金条，他不分给警察，他们父子俩，不就谁也不难为了吗？

他被警察猜中了，这些天，他果然总这么想。

老鸨自认为对鸡屎儿子，是有一定付出的，自己的父爱，是粮食酒，越泡发越香醇。

可"付出"最不该与"自认为"搭配。

老鸨哪里晓得鸡屎儿子早有撇开他的心，余生也什么都不愿再由他来付出。他的父爱在鸡屎儿子这里，是做面酱的霉饼，越泡发越臭不可闻。

铜盆里还有一轴汗衫跟短打没晾开，老鸨就突然停住了。

铜盆上坑坑洼洼的十个塘，全是他前几天劈警察劈出来的。即便妓女接过去贴近辨别，也绝辨别不出这只铜盆，是从她床底下开采出去的。

为什么不多不少正好十个塘？这是债主借着铜盆来提示老鸨，还有十天就月底了，可十三万的赌债就是毫无进展，而他老鸨只能在天井楼上"西施浣纱"？

天井楼体恤老鸨有难处，尽量让自己难找些。可债主还是跋山涉水找过来了。

债主与身后的驹子的衣衫裤腿上，都是新拉的丝、新破的洞。显然是才反抗过天井楼外那群乞丐的敲诈与拉扯。

越是逼近还债的时间点，追债的心里头越是比欠债的还七上八下。

债主想想都伤心，咱放债的钱，又不是平地下锄头，凭空挖出来的，你们这些欠债的，能不能用点儿心还？

从前不这样啊！从前欠债的，还拿自己的命当命，追债的向他们刀劈斧砍，他们还晓得怕，还肯赶紧筹钱还上。

可到了现在，欠债的只拿自己的命当破铜烂铁。他们将胳膊、腿敞开了，躺地上。还招呼你呢，来来来，原来我这身肉还值得你一顿打呢？我就躺这儿！你来砍！反正要钱我绝没有！

债主抬头一瞧，天井楼这方天上，正飘着二十来寸无意义的月里云，真好看，也真像他飘在外边、讨不回来的钱。

他放在外边的债资何止十三万？就老鸹的这份，看起来最好讨回来。

债主带着驹子走进了天井楼，正好瞧见老鸹在晾洗出来的衣物。他没想到这根赌棍，还是个居家过日子的贤惠人。

老鸹身边站了"只"孩子，小猴儿样式的。孩子太小太瘦，秋风再大点儿，正适宜给他串根线挂墙上，吹成腊肉排骨。

这"只"孩子该是老鸹的亲儿子。债主立即做了决定，倘若十天后，老鸹的债务仍旧拖沓，他要老鸹的三根手指实则也无用。那他就按正常的祸及妻儿的流程来，那还有点儿拿到还款的希望。

债主与老鸹到底是追债与欠债的关系，也不好就这么沉默地站着，什么都不流于表面，那也太像闹分手的一对爱人。

债主："哥！想您哪！"

老鸹："月底之前，埋头想你妈！滚！"

债主："好嘞！"

债主向老鸹抖了抖三根手指头，他认定老鸹懂这里的意思。随后，他就带着驹子们离开了天井楼。

今晚一行，多多少少会奏效的，他晓得的。

鸡屎儿子静得像北冰洋速冻后的夜，默不吱声地帮老鸹晾好了最后两件衣物。他到底在长大，从前只晓得抓画笔的小猴儿爪子，现在也晓得新洗好的衣物，得扯扯平，不然晾干了要起褶儿。

老鸹巴望鸡屎儿子猜不到刚刚又是债主找上门。

拍卖师死了，两根金条就快找出来了，他再不必劳烦鸡屎儿子画假画，还赌债，从而遭受亲儿子翻出的白眼仁儿了。

想着自己就要离开了，鸡屎儿子不免再提点苍蝇父亲几句："赌了就要欠债，欠债就要还债，还债就要钱。钱，还得是金条，要金条，你就得跟咱屋里那个警察，好成一个人。给牛吃草，它是能将地犁成你想要的样子的。"

老鸹："你明天想吃什么？"

苍蝇父亲明摆着转移话题，鸡屎儿子也没深究："我想去意大利学画画……"

老鸹："去！反正意大利离咱家也不远！"

鸡屎儿子："那得看具体怎么算了……"

老鸹："意大利就在成安胡同那边，是吧？"

鸡屎儿子语重心长得仿佛他才是那个做父亲的："爸，天有绝人之路。这件事以后，做个真正有用的人吧。"

老鸹："嗯！等得了金条，我就不赌了！我给你办画展！我带婊子从良！我做慈善、我开粥厂、我资助科技、我再贴补教育。"

鸡屎儿子："我明天想吃菜干豆腐。"

今晚，老鸹注定是睡不好的。债主的登门比风油精还叫他醒神，可鸡屎儿子的无所不知，不更比麦芒扎他眼睛啊？

鸡屎儿子是如何晓得两根金条的事儿的？绝不是妓女或警察的告知，他们没这个动机与大方心态！那是听墙角儿听来的？有可能！但不确定！

他那时向鸡屎儿子隐瞒两根金条的事儿，绝不是老子向儿子隐瞒财产的那种"隐瞒"，而是老子向儿子隐瞒惊喜与礼物的那种"隐瞒"。两种隐瞒，可绝不相同啊！

以鸡屎儿子向老鸹亮白眼仁儿的惯例，鸡屎儿子大约认定他是前一种的"隐瞒"。那真是冤枉！

可也无法了，圣人不也戴枷？他害鸡屎儿子做骗子、画假画，那他就该一直受儿子的冤枉！

芫荽豆皮儿跟盐水鸭脖儿还剩点儿，但也就是两筷子的事儿。

老鸹与警察因还需就着它们谋出大事迹，而不舍得张大嘴，只兔子啃草似的，将菜夹到嘴边，唇一抿带，腮一噏吸，裹两口，含在口腔里化一会儿，指甲盖大的菜也得嚼足五十下，才当汤给咽下肚。

一顿剩菜叫二人吃得湿漉漉的，响得满屋子都是，像两头老驴正舔着火车往前开。

分散在老鸹和警察二人肚子里的芫荽豆皮儿猪耳朵汤，成了两碗磁石，一正一负地吸引两人紧紧贴着，根本撒不开手。他二人，就是这么莫名走到了一起，走到了这一步。

警察："哥，不能再拖了！不能仅仅以'跟踪'去探寻她藏匿金条的地点了。您得实际起来，哥，您得真正动起来。要不您就允许我跟她亲自接触接触。我亲自问她！我保管给咱俩问来那两根金条！"

老鸹："报纸上的时政新闻都比你的故事真。我要真叫你们俩见上面了，那两根金条，就不是我跟你一人一根了，是你与她一人一根了，或者你一人两根了。"

警察："哥，您不信我！您到现在还不信我！"

老鸹："我信得着你吗？你叫我信吗？"

警察："那您就叫旁人绑了我！"

老鸨："我开始有点儿想信你了。"

警察："我是说，既然旁的法子都不成了，您就叫她以为旁人绑了我，叫她拿两根金条来赎我。都用不着您直接出面。她跟我说过您的字儿登过报，可见她也认字儿，还认得您的字儿。那么敲诈勒索信，您就别写了，我自己写。您就悄悄把敲诈勒索信，放她屋里头就行。我让她把两根金条送到您想她送到的地儿。从头到尾，您哪儿都不用露头！"

老鸨："你要在信里写别的，叫她晓得你就在我屋呢？"

警察："我给她的信，您都先看哪！我都到您手里了，您的智慧，我还不晓得？我要写别的，您保管两只眼睛一闭一睁，全给它们夹死！"

老鸨："我开始真信你了。"

警察："谢谢哥！"

老鸨："警察局的人，今天进天井楼找你，你知道吗？"

警察："我不知道啊！"

老鸨："我放你回去？"

警察："我感谢工作组织总放心不下我。可我其实早心寒了。组织上贪下黑也就算了，我们队长还睡了局长太太，礼义廉耻呢！我不回去！绝不！"

老鸨："你说句实话听听。"

警察："哥！"

老鸨："二楼小偷，你杀的。你写的供罪，在我手里呢。你不回去，怕的是这个！"

警察："啊！对！哥，您的智慧有多不凡，您自己明明也晓得！"

老鸹："她真晓得我的字儿登过报？"

警察："是！哥！"

老鸹："我的字儿，她给的什么评价？"

警察："大！"

老鸹与警察牢不可破的"孙刘联盟"，这就算是达成了。

警察之死

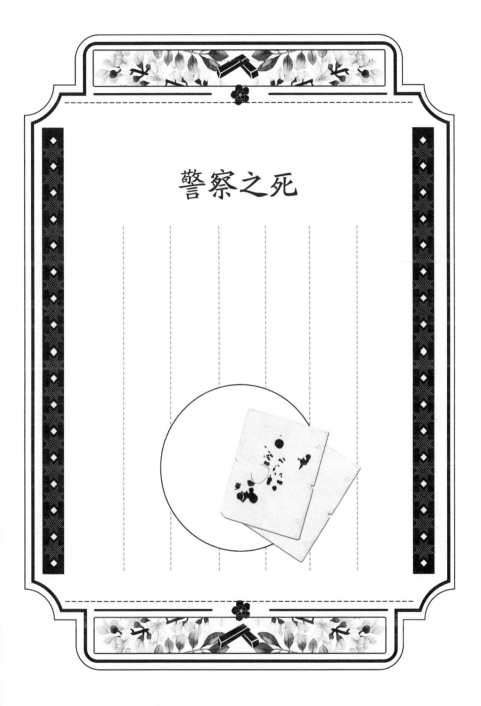

乱年头里，

生与死，都是正剧。

老鸨与警察在一起筹措那封要拿去敲诈勒索妓女的信，已四五个小时了。两个人全程幸甚至哉，集思广益，并最终由警察落笔。

　　截至目前，二人筹措的成果，就是信封上"敲诈勒索信"五个楷体大字。明晃晃而遗世独立，再无其他。

　　这叫老鸨认定仓颉当年造字，没直接替他们造出一封给神女娘娘的敲诈勒索信，是不地道的，是欠尽责的！

　　老鸨记得自己头一次写诗，省长还头婚、还礼佛呢。到了如今，省长已再婚，并随新太太改做了天主门徒。你可见，这些年人与事的变化多端！那真就勿怪老鸨过往的文采也被一笔勾销，全都不在了。

　　如今再端坐到纸笔跟前，老鸨简直拔剑四顾心茫然，脑子里毫无成功作出一封敲诈勒索信的方式方法，只恨不能将整个脑仁儿从脑壳里一把捞出，砸信纸上，令它们自行劳作出一封一步到位的敲诈勒索信才好！

老鸨都想不通了，自己当年也是需要戴近视眼镜的文化水准，神女娘娘都晓得他的字儿登过报的呀！怎么仅拿起笔、放下笔、再低头瞧的时间，自己的文化水平，就直接到了目下光景？

大眼瞪小眼的尴尬，终究还是由警察来了结："哥，我明白您！毕竟是您。能进忠臣列传的人，就绝进不去贰臣传。能登报的诗人，就绝写不了敲诈勒索信。"

老鸨："老子什么都写得了！"

警察："那确实是！哥，我明白您！我不懂事儿了，我这就要不懂事儿地问您一句了，您以前写过勒索信吗？"

老鸨："勒索过，信，没写过。你呢？"

警察："一样。"

老鸨："那就先全权交给你写，你写完，我复查。"

警察："哎哎哎？哥，您现在这么信我了？"

老鸨："我匀了你金条，你比我儿子还可信。"

警察："可我不会写这玩意儿啊！要我说，既然您都这么信我了，您就让我跟她直接……哟，哥不高兴了。这话我再不提了哥。好嘞哥！枪拿开吧哥！墨太重了，能给换支笔吗？"

老鸨："钢笔，我就这么一支，墨重你就提着点儿。我说非得见她？要我看，你顶好就一直这么含含蓄蓄的，也别想别的了，就跟我做两根金条上的蚂蚱。"

警察："哥！您也明白我！我从小就想做只含蓄的蚂蚱！"

老鸨："她给我干活儿，我坑她，那理所应当。可你俩不是爱情吗？"

警察："迫于形势！这不是金条在她手里，我的命在您手里，她的心又在我手里嘛！"

老鸨："爱情不该是这个样子！"

警察："我以后一定改！"

老鸨与警察，他们二人都是男人的底子与属性。他们谁也没问过妓女到底怎么想的，就全部擅自相信，妓女看待爱情一定是重于泰山的。

他们纯真得好像他们不是男人，而是从未下过山的长白山秋沙鸭。

警察手里的钢笔是老鸨从老中医那里打劫来的。笔尖开了叉，确实一会儿墨重得像笔尖要下蛋，一会儿墨干得像他握了条小鱼干在写信。钢笔甩一甩，墨汁儿是出来了，但全给甩墙上了。

老鸨的诗情画意已荒废多年，家里哪儿还有供他创造文化的余粮？只好拿鸡屎儿子的颜料兑上水，再吸进笔管里当钢笔的墨汁儿。

等他再转身，发现自己将要敲诈勒索的对象，竟然立在自己家窗户口呢！

老鸨惊得像立在枪头上的雀儿，一下子不晓得怎么动了。警察正好弯身捡掉在地上的笔帽，还没叫她瞧见。

老鸨立即又晓得要怎么动了，他抬脚将警察一把踩住，手里的警枪，也抵到了警察的后脑勺上。

妓女："哟，先生，喘什么呢？"

老鸨："儿子不听话，气到现在。"

妓女："先生，我送您的硫黄皂，用呀！"

老鸨："用的，有了它，我饭前便后都开始洗手了。"

妓女："那先生也记得天天用，要巩固！您手里拿笔做什么呢？"

老鸨："读书、写字。"

妓女："您还想进内阁呀？"

老鸨："主要是想提你当司令。"

一番插科打诨后，妓女走了。老鸨收了警枪，松了脚，赶紧关好门窗。

警察带着笔帽从地上爬起来。他终于听出来，老鸨这是早相上妓女了，才不肯明抢她，非得脱了裤子放屁。警察心里直骂老鸨才是个立牌坊的婊子，天井楼里的妓女没一个赛得过他！

老鸨："你他妈眼神不对！你在心里骂我什么了？"

警察："哥，我就想说，今天的菜干豆腐，口儿淡了。明儿我想吃老街的鸭脖儿，都是长了十几二十年的老鸭，值！"

老鸨："你要想女人，老子是不是还得给你娶个十几二十年的格格回来？"

警察："行吗，哥？"

老鸨："行你妈！"

鸡屎儿子从外头回来了。

菜干豆腐是鸡屎儿子替一楼小和尚向老鸨钦点的，才出锅他就给小和尚送了一碗下楼。

现在他人是回三楼了，但心还在一楼没爬上来呢：

再过几天，他就要坐船去意大利了。小和尚以后该吃不着苍蝇父亲做的菜干豆腐了。或许他该嘱告苍蝇父亲，以后隔几天就给小和尚送点儿菜干豆腐下去？小和尚那边，现在是一人量，苍蝇父亲不算太破费的吧？算了吧。苍蝇父亲不算个好人，叫小和尚接触多了，恐怕要被连害的。

鸡屎儿子："你俩还没找着金条呢？"

老鸹："没呢！"

鸡屎儿子："找着了也能说的，我又不分您的。"

老鸹："找着了，爸肯定告诉你！"

鸡屎儿子："不一定吧？您之前连天井楼里有金条这事儿，都没告诉我。"

老鸹："大人有大人的打算。傻儿子，老街的鸭脖儿吃吗？都是十几二十年的老鸭，值！"

鸡屎儿子："没吃过。"

老鸹："那就是想吃。"

警察："那得起早，人家每天都是现杀的老鸭，去晚了就没了。"

警察还晓得要吃。人要还晓得吃，就是还想活，还想好好活。可天井楼下的大公鸡，对此有不同意见。

它的脖子歪了，神性散了。歪了的鸡脖子，叫它直着走时，总得一头撞上点儿什么。也因有了这根歪脖子，它现在瞧什么都像在生气、较真儿，又或是质疑、好奇，我要来给你评评理。

可哪个愿被一只鸡公开针对与质疑呢？

天井楼的居民这些天见了它都绕着走，哪个也不愿听它状告警察，是警察给它换的新鸡脖子，险些要了它的性命。

警察还在天井楼里头呢！你们都不晓得！警察局的那个队长也是活该当绿毛乌龟。就来楼里搜了一次，就再不回头了？你们人，怎么连捉奸都躲懒呢？

鸟人！杀我？还想偷生？我告诉你，偷生者常惨死！你瞧着的吧！咯咯哒！

打天井楼到老街，路只有七八百米远。途中本来是不设赌场的，但只要你有心，乱走几步，还是能给自己乱走出一两家赌场的。

老鸹就是经常这么替自己乱走出一家赌场的。

目下，老鸹的两只脚尖，就抵在赌场的小门上。老鸹也纳闷，他两只脚尖不晓得什么时候害了腼腆病，怎么开始躲着赌场的门了？

可总这么原地不动地僵持，真怪不清不白的，也没谁给脚尖个该怎么走的方针。最终，是老鸹的两只手一揉口袋，领着老鸹的两只脚后跟，往回走的。

老鸹深刻晓得，仅凭口袋里价值三根盐水鸭脖儿的钱，在赌桌上可闯不出什么大千世界。能解开他目下困局的不是三根盐水鸭脖儿，是两根金条。他得先买好了三根盐水鸭脖儿，回家儿子一根、他一根、警察一根。吃好了，再跟警察碰碰头，将敲诈勒索信完成，送出。

重新进赌场，必得是两根金条到手后，才好规划的事儿。现在绝不行，太耽误敲诈勒索！这要是在从前，老鸹哪儿能想到呢，他也有劝住自己远离赌场、赌桌的时候。

七八百米远的路，叫老鸹走得像登基。

老街两侧的菜贩全是簇拥朝拜的保皇功臣，就等着老鸹下旨钦点，自己也好上前献上白菜、大蒜、茭白、生姜……

您就开开恩，买点儿，多少头点儿！您哪怕不上称，只要您肯开价，您哪怕张口就来！卖！都卖！

还没走到卤肉摊前头，老鸹的菜篮子里已塞满群臣缺斤短两的贡品。

一篮子的甜的、辣的、脆的、酥的，红的、绿的、青的、白的，叫人瞧着心里也跟着亮堂。

牌九、麻将、骰子，也有它们自己的多彩多姿。但到底还是不一样。

牌九、麻将、骰子毕竟是更具激情与机会的。老鸹告诫自己，可不能被眼下的菜篮子勾引，而忘了本！

一盆盐水鸭脖儿才给端出摊，老鸹离摊还有五米远，刚提脚后跟，就被冲挤的人群给一路抬了过去。

他给抬得脚不沾地，倒也省力，就是不便呼吸。

人群稍宽松，老鸹就跌下地来。头顶儿一脚上、一脚下地踩实叫他爬不起来、冲不出去。仿佛他也给人埋进了那块土豆田里，插翅难飞天。

可两根金条还在外头，他不便这就给人腿淹死了。是老鸹的九指先突破的人群，并最终成功夹带出老鸹的身体和手里的三根盐水鸭脖儿。

最近、最新的一口空气，终于撞进老鸹的肺管子里头。老鸹破腿而出的脑袋，向天上杵过去。

老天分娩出的朝霞，是老鸹年轻时写的诗，是老中医终于争气开出的救命良方，是美人一屁股坐在了老鸹的命脉上。

老鸹的中年生命，忽然水灵灵得有弹性了。这股水灵灵是老鸹的诗给人拿去当擦屁股纸后，再未怀有的文明与轻松。

　　到底多少年了啊？老鸹这具并未彻底老去的身体，又开始在心底里发出青春的花香。诗人的血液竟又开始流窜。

　　这是早起抢购鸭脖儿的成果，也是警察给他的提议。

　　从心神康复方面来说，老鸹绑警察，相当于刘备给自己绑来了诸葛亮，是相得益彰，正合适的。

　　仅这一事，老鸹已有了将属于自己的那根盐水鸭脖儿，匀一节给警察的报答之意。

　　好在朝霞并不长久，太阳上升，大鸟回来，老鸹的诗人病来来就又去了，他又人到中年了。

　　回了天井楼，老鸹炒了几道小菜，又将三根盐水鸭脖儿剁成块，分成两碟，以确保消耗的速度降下来。

　　没有哪根赌棍是自愿持家有方的。老鸹的精神与身躯，原本是可以拿大象的，但现实主义的潦倒，提炼得他只能拿捏大象的心屈尊来分配鸭脖儿了。

　　老鸹、小画家与警察，三人因各怀的心思而吃了一顿难得安详的饭。盐水鸭脖儿到底是什么味儿，已叫各人的一汪心事给泡淡了。

　　饭后，小画家爬上凳子，继续探索屋顶儿的画。警察拿丝瓜瓤要刷了三人的碗碟，老鸹不愿太耽搁，接过锅碗瓢盆，自己全洗净了。

　　"心虚"往往可以换来暂时的和平。秋日的正午阳光，照得老鸹、小画家与警察，和谐得恰似一家三口。

这种性质的"和平"，往往又是悲剧最终章前，最后的繁荣与最人的骗局。

敲诈勒索信写好了。

老鸨捏造了两根金条的来历，以及绑匪、警察和两根金条之间错综纷杂的关系，并向妓女指定了缴纳两根金条的时间、地点。最后再由警察誊抄。

就敲诈勒索信中的内容，是否适宜写得如此详尽、体贴，老鸨与警察产生了分歧。

老鸨站"需详尽"，警察站"需简略"。但很快，二人又达成了一致：

女人们都喜欢花样儿，到底是封敲诈勒索信，写得入情入理点儿，她估计也爱看，更能动情接受。再者，通常来说，能给"欺骗"成功开道的，通常是"无知"。妓女这个人对真心、真相多无知呢！只要她的注意力，最终落在了信里赎金缴纳的时间、地点上，这封敲诈勒索信就算成功！

老鸨瞧准时机，将敲诈勒索信放在了神女娘娘的枕头上，再急忙守到信中交代的交易地点。

等了一宿。

嗯。

没等来人。

被敲诈勒索的对象直接忽视掉，倒是老鸨之前没想到的。

他这一生还从未在钱上，有过被旁人失约的经验。这叫他头一次同他的债主，达成了情绪上的共识。

一夜的霜打，给老鸨冻得发不出火来。

好在离月底还有七八天，还不至于彻底地全完蛋。

老鸨打道回府，在天井楼下的乞丐堆旁，瞧见了神女娘娘。

神女娘娘手里拎着两双鞋，新的，回力的，太平商场的。

她一路往楼里走，除了那个瞎眼乞丐十分本分，她是免不了被旁的乞丐这里揉一把、那里掐一掐的。

她向来不计较男人的真心，也不真心怪罪穷苦人。

她到底还住在天井楼里呢，过个七八天，她还能坐船去西洋。可这些乞丐，就永不会有她这样的机遇了。他们真没别的出息了。她不怪他们，她可怜他们。

他们多可怜哪，吃不饱、睡不暖。他们就是想摸女人，那就给他们摸。你瞧，施舍，总是由高处流向低处的。

神女娘娘状态好得叫老鸨心疑，她是没瞧见放在她枕头上的那封敲诈勒索信吗？

她的生意要比旁的妓女好，进她屋里的嫖客不少，还常有旁的妓女去她屋里借旗袍、丝袜。那么那封敲诈勒索信被哪个不识字儿的，给随手侵占、扔掉、飞去她床底下、夹在她衣物或废品里，也未可知！

神女娘娘提着新鞋，走进了小和尚的屋子里，像有大事儿，一时半会儿不会出来。老鸨趁机再探神女娘娘的屋子，并上下左右地再翻，果真没瞧见那封敲诈勒索信。

你看吧！她与警察是真心书写爱情，不然她能长久地不收取警察的嫖资？

她可是神女娘娘啊。她绝不会眼见爱人落草，而只顾自己添鞋，却不拿两根金条置换爱人。老鸨总算安心了。

那就回家再写一封敲诈勒索信。

初稿不是已定？那这次更快！

这次，老鸨一定要想个绝妙的主意，令妓女与敲诈勒索信，再不必错过。

心里有了相应的决断，就更容易瞧见光明与前路。老鸨又快活了，没大鸟在头顶儿压着，只要他想，他真能一跳三丈远！

从神女娘娘屋拐个弯儿进自己家门，老鸨瞧见鸡屎儿子与警察都还在睡，心想着也不急这一时半会儿，就又退出屋去，想去老街再试试看，这个点儿还能不能买上盐水鸭脖儿了。

人都下到一楼了，老鸨又爬上来，给警察加了两根麻绳、一个抹布塞嘴，这才再拎上菜篮子，走去老街。

老鸨一走，小画家与警察全醒了。

去西洋的行李，小画家要悄悄收一收，没几天就得走了。

他翻出一件苍蝇父亲的短打，都从胳肢窝一直破到肚脐眼儿了，这要怎么穿？那就解开警察的麻绳与塞嘴，有请警察叔叔帮忙补一补吧。

自从被队长堵截，警察就放弃了往天井楼外头跑的想法。但他仍未放弃暗中联系妓女。

可他还不晓得呢，他早是小画家摆在手心里的虱子，一目了然的了。他自被绑到如今，往屋外扔的纸团与布条，全给小画家拦截下来了。

老鸨、妓女、警察本人，都没察觉。

这些纸团与布条，正是小画家晓得天井楼里有两根金条的最初途径。

算命的曾料定小画家命硬、克人，那么他该是一人独占了金、木、水、火、土五行，围着警察、堵着警察克的了。

线头儿粗，针鼻儿小。警察拼着眼瞎，好容易穿好一针，缝补起老鸹的破短打。这景象太慈母手中线了，也太适宜拉近人与人之间的距离了。

对小画家到底杀了谁这个问题，警察还是没完全死心："哎，再问一次，你杀了谁？为什么杀的？什么时候杀的？你说说，没事儿啊！我在你爸这儿落草了，现在可不是警察。一会儿拿了金条，我可就走了！"

小画家："我们楼下一家是谁杀的，叔叔您真没看见？您说说？我又不是警察。"

好嘛，哪壶不开提哪壶，警察叫小画家像毛虫一样，在手心里攥得死死的："你看你，张嘴就成机关枪，说出来的全是子弹。你拿那些衣服出来干吗？三伏早过了。"

小画家："我就要去意大利了。"

警察："去学画画？去吧！要不是做了他儿子，你早做天才了！哥，您回来啦？事儿办成了吧？两根金条拿着了吧？"

老鸹买菜回来了。

你也不晓得他是长情还是懒惰，他这次往菜篮子里装的，是跟上次一样的盐水鸭脖儿和白菜、大蒜、茭白、生姜……但多了一束花。

花是路边常有、人常见的那种。但只有他路过时弯下腰，采了一束带回了家。

其实，只要他肯，他连买菜，都能过进诗情画意里。可年头乱，他自己也足够缺憾、堕落。他的诗情画意，不长久的。

进门前，他正好听见警察的点评："要不是做了他儿子，你早做天才了。"

警察与已死的拍卖师先后讲过同一句话。

鸡屎儿子听了这话，也没吱声，该是默认了警察与拍卖师的说法。

可见老鸨的混账，太深入人心了。丢卵蛋前，他不配有儿子。丢卵蛋后，他令儿子不配做天才。

鸡屎儿子是亲生的，老鸨不好与之计较。但警察，是他好与之计较的："我现在要打你，你要么咬紧了牙，别出声。要么找根绳儿，咬紧了，别出声。看你的，我都行。"

老鸨扔了菜篮子里的菜与花，夺过警察手里缝补的短打，拧成条儿、抡高了，对警察又是一顿打。

哪儿都不水灵灵的了。菜篮子滚在地上，烂成荒草，再引不出诗情画意与朝霞，兜不住正经日子，压不住大鸟。

屋子里人仰马翻，三人乱得像一片又老又长的韭菜遭遇了大风天，怎么扯都扯不顺溜。

乱得鸡屎儿子在这乱里静得出奇。

乱得鸡屎儿子觉得自己即便真逃去了意大利，也是无法将余生过好的。

乱得鸡屎儿子又想立即就到登船去西洋的那天。走吧，逃吧，父亲是真不惹人疼，真不惹人舍不得。

那把警枪就在鸡屎儿子身上。他有法子令屋子里安静下来的。

他掏出了警枪……

算了，不值当。

你们乱着吧。

他拿上画笔，爬上凳子，继续画屋顶儿上的芒星。

鸡屎儿子的安静，反倒羞辱了老鸨，他对警察的殴打立即完毕。

警察："你他妈又打老子！"

老鸨："都他妈快过成一家三口了！拿了金条，你，滚！"

老鸨奋笔疾书。

在敲诈勒索信的末尾，他圈了一个又圆又大、状如满月的句号。寓意此后对警察抑或是两根金条的耐心，他老鸨再不一而再，再而三，三而不竭了。

晚上，天井楼三楼的媚眼儿灯学人斜着眼，一会儿从左亮到右、一会儿从右亮到左的，因而平添了鬼祟与居心叵测。

老鸨像往常一样坐在三楼楼梯口，向嫖客收款并发放召妓手牌。他不时看向神女娘娘，观察着神女娘娘的一举一动。

她的一颦一笑都是假的，但都叫人舒服。

她怎么瞧，都是卓越与敬业的。

她的卓越与敬业，是该给她机会去统领三军的。天井楼里要是有三根金条，而不是仅有两根就好了，老鸨真想也分她一根。

等嫖客走光，各屋的娘娘们关门歇业，老鸨眼瞧着神女娘娘送走最后的嫖客，彻底关上房门。

没人再进她的屋了，这就是好时机。

老鸨将敲诈勒索信从胸前拿出，一番选址后，又认定这大约也不是个好时机。

目下，旁人进不去她的屋，碰不着这封敲诈勒索信，可他不也进不去她的屋，送不出这封敲诈勒索信吗？

那么就从门缝儿中塞进去，谁也拿不着，她一开门还准能瞧见。这就正好了，哪个也不耽搁！

老鸨到底是缺乏相关经验，动作不够迅捷与熟练，这次的勒索也因此以失败告终了。

妓女的铜盆不是糊里糊涂地走失了吗？但就要去西洋了，铜盆也不必再另外添置，不值当，又不带着走。这些天她都借旁人的用，这会儿正要给人还回去。

她一开门，老鸨与他手里的敲诈勒索信，就都竖着切进了屋子。

信封上"敲诈勒索信"五个大字，照得老鸨满面红光，抬不起头。

妓女拿过信，担忧老鸨的羞涩还不够被润泽到底，便将信提起来，靠在一旁的茶壶上，再拿上次他送的《花架拳》抵着信脚，确保信封不倒，也确保老鸨臊得更加清楚、方便。

比起老鸨勒索的含蓄与羞涩，妓女倒是直接得多："那信我就不拆了？"

老鸨："行！"

妓女："您直接撕票吧！"

老鸨："人，你不救？"

妓女："我更支持您撕票。"

老鸨心有不甘，试图动之以情："你俩不是爱情吗？"

妓女："不提这个。"

老鸨："两根金条能救他的命！你们有爱情的呀！"

妓女："爱情是西洋人的，我们这里哪儿有哎？他是警察，他要做什么，我哪儿敢声张？他来嫖我，我还敢收钱？我要讨生活哎，先生！我没办法啊，先生！我这里没有爱情，也没有金条的呀！哪个警察有金条，会给硬嫖的妓女？他给哪个正经女人不行？再说我有金条我还在这儿待着？我早跑了呀！您真当我是干一行爱一行呢？先生，撕票吧！他骗你哎！"

老鸨像是一生，都在等妓女这席话呢。

老鸨今天买的盐水鸭脖儿，比前几天的还要新鲜入味。

警察选了一根，塞进嘴里，撩牙发痒，裹几口，鸭肉就能从骨头上脱下来。要是盐水鸭脖儿不长骨头就好了，那吃着多方便厚实啊。但吮剔的滋味儿与乐趣就得损失了。

真不好选！

哟，还是牺牲掉吮剔的滋味儿与乐趣吧，他嘴里的牙，今天又松了三四颗。

他今天又挨了老鸨的打，好在他活泼，劝得住自己。

他晓得的，报仇得是秋后算账，才最划算。自己不必急着在今晚就向老鸨讨伐回来。

他晓得的，两根金条他自己目下是取不回来了，全靠今晚的老鸨了。

讲起来，他跟妓女住了好些天的同一层，可还是丢了联络。

那些丢出去的纸团和布条，她都错过了。但凡她不错过，他们就不必受制于老鸨，也不必有今晚了。

他想明白了，这是他与妓女缘分尽了的写照。那么等他拿上金条，真就不必给她也买一张去西洋的船票了。

他还晓得的，今晚他"至多"能拿到一根金条，但这是老鸨的打算。他自己的打算是"至少"能拿到两根金条。老鸨与小画家这对父子，今晚，他想全杀了。装什么不擅长呢！他又不是没杀过人，天井楼也不是没发生过灭门案。

但他绝无法仅以一颗赤诚之心，来单挑一对父子。

他的警枪，还在小画家的前腰别着呢！

那就还按上次拟定、但未施行的计划来。等他拿板凳抡完小画家的后脑勺，警枪也夺回来以后，他得立即清理枪膛，这次可不能再哑火了！

可他能想到的，旁人就想不到吗？

老鸨回来了，抽走了小画家垫脚的板凳，照着警察的后脑勺抡了过去。

警察立即倒地不起。

他不是早在老鸨家丢了几颗板儿牙吗？嚼不碎的鸭脖儿骨，卡在了他的嗓子里，给他噎死了。其勇夺两根金条、反杀老鸨父子的大计，业已中道崩殂。

不荒诞的。乱年头里，生与死，都是正剧。

种土豆的人

老和尚总气息奄奄地出楼去，满面红光地回楼来。

行踪不定，像六月的风、八月的云、诸葛亮用的兵。

天井楼最近跟着乱年头不学好，总不太平。

一楼的软骨病儿子有下落了，是夫妻二人共同害死的。

倒也不意外，男人怕拖累，女人心有愧，这个结果其实很必然。况且家里有个总无法康复的病鬼，是一定得除掉的，这是乱年头里的新道理。

也没人去追究这对夫妻，孩子是他们家的，碍旁人什么事儿了？

老兔儿爷也回楼里了，人干了，牙也没了，舌头还缺了小半截。

他起先什么都不肯透露，但邻居们追得紧了，他终究还是管不住碎嘴的，全交代了：

他因传播司令与影星的秘辛，给抓进牢里管教了一阵。对外的罪名是偷窃并隐瞒犯罪所得。

仅凭这两家人的家丑，天井楼的居民往下半个多月，都不必炒菜了。

再香的猪板油，没旁人家的闲话下饭。

一大清早，鳏夫在天井楼外远远瞧着楼内。他认定在天井楼里的日子，才叫真日子，即便天井楼里也不太平。

可从头到尾的太平与无滋无味，那还能叫过日子？

那叫死了婆娘！

鳏夫是来向老鸨索要粪车的。

老鸨这个月，已向鳏夫借了两回粪车，都说是郊外有他小脚娘留下的两亩田要浇肥。

可说是浇肥，老鸨又不要粪桶。这也入了秋，根本不是浇肥的季节。

鳏夫晓得老鸨不是个扎根土地的良民，可老鸨到底为什么要借粪车，他也猜不出来。

听说，前些天，街上闹出了粪车拦路刺杀官员的事件。刺杀虽没成功，但成功令省长自此对那官员退避三舍。味儿大是一方面，最要紧的是，一个具有如此强大忍耐力的下属，怎么不叫上司忌惮？

在鳏夫眼中，老鸨是个孝顺、有大义的人物。年头乱成这样，或许老鸨也有以粪车做时代义士与刺客的觉悟呢？可这到底是危险的，鳏夫不好不试着拦他一把。

再者说了，倘若到时候老鸨成功刺杀了哪位官员，政府下来追查粪车来源，又怎么好？

老鸨是昨晚借的粪车，含着主顾身份，鳏夫不好一早就来向他追讨粪车。这样显得自己不够大方，也容易叫老鸨窘迫。

恰好鳏夫一直惦记的二楼老旦将鳏夫叫上楼，要他帮忙点炭

炉，鳏夫借机楼上、楼下地在老鸹眼前晃了几把，终于晃得老鸹
来了记性，主动还了粪车。

鳏夫心里这才踏实，一颗心算是搁回了肚子里。

粪车到手，鳏夫想赶紧出城。

秋收，各家田里都有麦要收、有工要做，他得过去赚钱。

他不能总与老旦做城里、城外的牛郎与织女。他得有钱买房，
还得给她男人一笔分手钱，他们才能得到自由。

鳏夫想，有他在她身边，她的心也不必再以神仙膏做填补与
支柱。

可乱年头里，上进的好人想赚钱，是最不轻易的事。鳏夫的
心也得找一个填补与支柱。

他去了小和尚屋里，去跪了小和尚屋里的佛龛。

在财源、地位这些方面，鳏夫从不肯求神明。他认定财源、
地位靠的全是人自己。人不自觉、不自立，万事都托给神明，神
明哪儿有闲工夫长久地管你？神明要操心的事情多了！

可人的健康、情谊，这些可就不是光凭自觉、自立就能达
成的。

鳏夫跪在佛龛前，诚心磕头，拜了神明。他是真心想与老旦
长久过日子的，他会赚来能与老旦长久过日子的钱的。

他还不晓得自己顺道儿也拜了一把佛龛里的两根金条。

他要是晓得佛龛里有两根金条，谁也猜不准，像他这样上进
的好人，会怎么做。

两根金条已在佛龛里关了数日，闷得它俩头昏脑涨，像中

了暑。

打入住佛龛的第一天起，它们就发觉小和尚屋子里的味儿也不妙，像夹着血呢。窗户是常开着的，可就是散不掉那股怪味儿。

床铺最腥，可瞧着又顶干净。

这屋里哪儿都正常，哪儿都别扭！

两根金条也待不住，早就想脱离这五行山，可自被压在佛龛下，妓女也只来过一次，还是前两天的事儿了。

前两天。

妓女进屋头一眼，瞧的就是佛龛。她人跪下去拜了拜，起身丢了一双回力鞋在小和尚脚边，又挨着小和尚坐下来，自己拿碗盛了一碗稀饭："饿了，想在你这儿讨顿饭。鞋，你得拿着穿，不然我不好吃你的饭。人啊，得有双好鞋，才能走上好路。我这双，跟你那双，都是在太平商场买的，都是好鞋！"

妓女翘着脚向小和尚展示自己脚上新换的新鞋。

妓女："小和尚，在这个楼里，我只喜欢跟你说话。其他人，都是只长脑子，不长骨头的。你提议他们走出去换个活法，他们都会拿脚底板儿长了鸡眼当理由，拒绝提议的！我是没法在这座楼里耗一辈子的，我得活！我得穿着好鞋，走出去！"

小和尚："姐姐，人有怎样的活法，不在鞋和路，路是由心走的。"

妓女："没脚，你光有心也不够用。我有个小姐妹，几年前坐船去了西洋给人洗衣服，听说现在都给西洋的有钱人当伯爵夫人啦！我也要买船票去西洋啦！"

妓女几句话就搭了个戏台。她这是为小和尚好。

人就得多看戏。甭管是出世的、入世的，都得看。

出世的不多看戏，你这世就出不完全。入世的不多看戏，你得给人家欺负成啥样啊？

小和尚可真怕妓女的戏本，是用心想、用脚写的，怕她去了西洋要失望。她的小姐妹去了西洋嫁了有钱伯爵。她？他怕她不一定。

姻缘多凭借契机和运气呢，你诚心求佛祖，佛祖都要直摆手，不敢随意应下你什么呢！

妓女："我去西洋给她洗衣服！"

妓女的虚心与踏实，令小和尚松了一口气："阿弥陀佛，可得解脱者，往往是不贪心的。"

妓女："用手赚钱，肯定比用身子赚钱痛快吧！小和尚，你怎么住这儿来的？"

小和尚："这些年，一直在打仗，我们那间保平安的庙没了……"

妓女："出家人在这世道里头，也无家可归了哎！小和尚，有机会，穿上我给你的鞋，出去走走。保平安的庙不在地上，在咱自己的脚底板儿下边呢！"

小画家闯进了小和尚家。头两天他给小和尚送了菜干豆腐，一直没来收碗："我来收碗！菜干豆腐好吃吗？"

妓女："你俩一块过得了！小和尚，你师父呢？几天没见了。人丢了？"

妓女抬眼瞧见小和尚嘴边挂了菜叶，顺势将小和尚的头摁进自己胸前双奶间，从左滑到右，再从右滑到左，给小和尚洗了把脸。

妓女一路大笑上了楼，小画家与小和尚还是呆的。两人的魂儿都叫妓女的胸给粘上三楼了，撕都撕不下来。

小画家与小和尚最近见的阵仗真不少，妓女给小和尚以奶洗脸的这天最动魄，小和尚师父老和尚死的那天最惊心。

那天，老和尚大半的血都浸在床铺上。

老鸨将老和尚的尸体拖到田里种土豆时，老和尚的血都还没流尽。

那两根金条，谁都不肯承认，自己就是谋杀老和尚的那一根。

老和尚死的那天，惠风和畅，天朗气清。

老和尚死的那天，嘉宝拍卖行的行长给孙女买了一辆昌和牌自行车。

老和尚死的那天，金价还在涨，说是市面上的金条都被收归国库了。

老和尚死的那天，天井楼里居民见到熟人还是蚂蚁相遇似的碰碰须。

老和尚死的那天，他还以为自己将借助一根金条的力量，获得新生了。

老和尚死的那天，太平常了。

老和尚死的那天，唯有一样不太平常：

天井楼三楼的菜干豆腐，比往常哪天的都好吃。

老和尚与小和尚被规定了不能吃荤，不然小画家早就去二楼借两勺猪板油了。菜干、豆腐，全素，不沾点儿荤油，真不是好滋味儿。

也就那天的菜干豆腐里放了豆油，小画家才特意盛了小和尚、老和尚两人的量，送下的楼。

但不晓得老和尚这会儿在不在天井楼？

老和尚总气息奄奄地出楼去，满面红光地回楼来。行踪不定，像六月的风、八月的云、诸葛亮用的兵。

一进老和尚与小和尚的屋，小画家就瞧见小和尚，持刀将横在床铺上的老和尚，开肠破肚了。

老和尚五十多年的记忆、情感、学问、智慧、经验与德行，骨软肉酥地淌了一床铺，叫人闻着、瞧着，立即晕头转向、酩酊大醉。

小画家晓得小和尚与自己有着相似的命运。

苍蝇父亲常命小画家画他深恶痛绝的赝品假画。老和尚又何尝没拉上小和尚，干些见不得人的勾当？

小画家前几天还听小和尚说，老和尚也命他做了什么大逆不道的事儿。

就是因为二人同龄还同病相怜，小画家对小和尚才最真心。

可小画家对苍蝇父亲的反抗，最多也就是计划逃离与摒弃。

谁能想到，小和尚对老和尚的反抗，竟然是将人直接谋杀掉！

这不可谓不是立春的一记响雷，实在太惊人。与小和尚一比，小画家的反抗简直算作脑瞶。

你要晓得，小和尚平时在天井楼的名头儿有多响亮，他可是"天井楼小玄奘"呀！

小画家："你怎么……"

到底还是个年幼的尖底儿瓮，杀了师父，小和尚哭得死去活来。

他这一哭，倒叫小画家不怕他了，也什么都不好追问了。

小画家认为，小和尚的惨烈反抗，不代表其结局就应与"同归于尽"或"束手就擒"归作一类。现在，还没旁的人瞧见、闻见屋内已死的老和尚。小画家忙关上门、拉上窗，替小和尚想脱身的办法。

老和尚死的那天，正好是老鸨三万赌债满月的日子。这不是件光耀门楣的事儿，老鸨无法请人来家里吃酒，再预约观看赌债翻身、打滚与抓周。

但他有机会翻身的，原本是真有机会翻身的！你怎么能说他从一开始就背上了三万的赌债呢！

起初，老鸨确实是拿拍卖师才支付的五千货款登上的赌桌。期间，他赢过五万，又输了十多万，再赢二十万。一夜过去又输了三十多万。最终他还是赢了，才将赌债从三十多万赢成的三万！

只是鸡屎儿子忽然找进赌场，吓得他直躲，才不便再赢了而已。

鸡屎儿子："赌过的咒不是说过的梦话，是要算数的！我的命可在您赌的咒里呢！老天现在不要我的命，您也还没绝种，可我自己可不能不晓得好歹！我要再为您画假画，画画的手指，我就全都剁了！"

饶是老鸨再混蛋，也不能叫独子做了烈士："我像你这么大，我也总这么激烈。不赌不赌了，咱爷儿俩回家。"

倘若鸡屎儿子的手指也挨了剁，就得叫不了解他们父子的人，误会他们家有遗传断指的毛病了。那鸡屎儿子以后，可要不好成家了！

老鸨永想不到，一个赌棍老父亲，才是子女不好成家的主打原因。

无论如何，鸡屎儿子的十根手指头管了老鸨一个月。

但你也晓得的，赌博是老鸨的救命仙丹、提气老人参。你不让他上赌桌，他就是斗败的大公鸡或老蝈蝈，他就没精神。

他没魂儿地睡了近一个月，也抱着被子想了近一个月的女人。赌桌与女人，你不让他施行，想想总可以的吧？

但三万赌债，可不是你不让、他不想，就能拿大棉被蒙头盖住的。外头满天飞的又不是钞票，他随手一抓就能拿来用，更不会随地飞来一只手雷，将债主炸死，令老鸨对三万赌债全部免责。

老鸨晓得自己躲是躲不过的。赌桌，看样子还得上，就是得挑个好时候。譬如，鸡屎儿子下楼找小和尚的时候，两个小子有话说，经常一谈就好久，这就是个好时候。

然而老鸨斗志昂扬、重回赌桌的计划才起个念头，就叫鸡屎儿子给绊住了："爸，我杀人了。"

老鸨没想到鸡屎儿子回来得这么快，躺在床上的他给从头到尾地吓了一跳。

老鸨翻了个身，开始真醒神了，弹坐起来："你说你干吗了？"

鸡屎儿子："我杀了楼下的老和尚。"

老鸨："日你妈！疯了！疯了！终于疯了！搞艺术的，不杀自己，就杀别人！你真杀人了？"

鸡屎儿子："爸，您得帮我。"

老鸨真想不明白了："你杀他做什么？他有什么值得您杀的？"

鸡屎儿子："他说我没个好爸爸。"

老鸨："那行！爸帮你！那小和尚呢？"

鸡屎儿子："杀老和尚，是他帮的我。"

老鸨："他欺师灭祖！他欺师灭祖啊！"

从未见过比老和尚更香醇的尸体了。

老鸨将老和尚里外瞧了一遍，确信鸡屎儿子的杀戮，为的绝不是给他这个父亲正名。

老和尚死得多惨呢！鸡屎儿子对他的孝心，还不到丧心病狂的分儿上。老鸨自信在鸡屎儿子那儿，或许有几分重量，但也就是把灯草灰。

可鸡屎儿子到底为的什么？手就非得这样重，心就非得这样狠，叫人死无全尸的？他问了，鸡屎儿子也不会说。鸡屎儿子说的，九成是不真实的，九成九是打官腔的。那他顶好也别问。

老鸨的心和脑子重得直往前栽，栽成了他的小脚娘。

他那时作诗、丢卵蛋、赌博、丢手指头、散尽家财、气死太太、养妓女、做老鸨……他都这么混蛋了，他都活到现在了，还不如他猴子大的鸡屎儿子混蛋！

他那时是逐步地混蛋。小脚娘对他的指望，也是一次接一次地、逐步地流失的，也是每一次渡过难关后，都不肯信儿子还会闹出更坏的情形的。

可鸡屎儿子的混蛋，是一步到位的，是一次就令老鸨没辙了，纠正不了了，到顶儿了，最坏的情形了。

老和尚的被杀，令老鸨还想到了另外一层：

孩子全不在掌控了，就寓意着做父母的老了。

就这一下子，老鸨老得比他小脚娘死时还厉害。

老鸨拖着死无全尸的老和尚上了粪车。

到城门口时，老鸨遇上几个城外进城来的菜农。菜农认出老鸨手底下的粪车是鳔夫的，还想他停下来，互相聊点儿什么。

老鸨可不敢多聊，粪车上还藏着一具老和尚呢。他赶忙从菜农手里买了几把土豆苗，这才得以快速脱身。

手里的粪车烫人，倘若不是父子之间的血缘劝住了他，这架粪车，他绝抓不住。

他本想将老和尚同自己一起拉到命的尽头。可他的老命实在累得气喘吁吁，只好临时将老和尚种在了那几把土豆苗下。

日子过了一阵，老鸨又拉着粪车来了土豆田，这次他拖来了警察的尸体与他的认罪书，给种到土豆底下去。

老鸨在这里种土豆，老和尚与警察，也在这里种土豆。

这里的土豆，注定要比世上的其他土豆，长得更加茁壮，更加具有活力。你拿它们纳鞋底儿，都用不着顶针。

我们已经知道了，老和尚是比警察先被种进这片土豆田的。但目下，老和尚倒比警察更防腐、美貌。

这也是老和尚的死因。

老和尚心里终究还有过不去的地方。

老和尚死前就想明白了原委。自己的惨死，都是那根金条给闹的。

老和尚是感激老鸹的。老鸹在种下老和尚之前，还给老和尚缝上了被剖开的肚皮，令老和尚的心事不至于全部流露出来叫旁人看见，引来旁人瞧不起他。

老和尚的尸体开始自内而外地发酵了。它逐步泄气，一点点地将它的心事从它的嗓子眼儿里叹息出来。

英雄好汉老和尚

老和尚刚出生时，还不是个老和尚。

老和尚刚出生时，还是个浑身毛发浓密、胎毛直从两条眉毛延伸到后脑勺的毛孩。

老和尚刚出生时，就已初步展现出英雄好汉的风姿。他轻易是不肯喂上女子的奶头儿的。倘若不是爷爷与父亲牵来了一头产奶的母羊，老和尚是打算将自己饿死在襁褓里的。

老和尚的爷爷与父亲笑着骂他，骂他真要做英雄好汉，顶好羊奶也一口别吃。老和尚听了这话，奶嗝儿一打，是真打算连母羊的奶头儿也不喂了。最终是老和尚的爷爷与父亲，连哄带劝加赔礼道歉，才叫襁褓里的老和尚再开金口的。

他吃口奶，真不容易啊。

为叫他吃口奶，他的爷爷与父亲，也不容易。

后来，老和尚的爷爷与父亲，先后死了。

庙里和尚来老和尚家放焰口，写疏文，写他爷爷与父亲的籍贯生平。随后才将人风光葬下。

老和尚哭得厉害，家中族人劝他不要伤心、不要哭。他与爷爷、父亲总会再见、重逢。

老和尚哭的不是爷爷与父亲，他是早饿了。

上口羊奶还是早上喂的，现在已是辰时了啊！

老和尚这一哭，就哭了五六年。

家中族人也给他治过。但他是英雄好汉，英雄好汉轻易是不听旁人的。一晓得要给拉去治病，他就立即摔地上装羊角风。

他打小就喝羊奶，这病叫他装起来，可信！

等到他装起来再不可信的时候，家中族人也不着急了，一抬手，招来仁丹丸、救急散、枇杷露、补脑汁儿，一应俱全。他一摔地上，他们就势灌药。

等给他灌得再不敢往地上摔了，也肯治了，家中族人倒治不好他了。

英雄好汉老和尚这一哭，就哭到了七岁。

直到老和尚偷吃了家里的一坛张裕酒。

酒治好了老和尚的哭，但老和尚自此也就痴了，不哭、不闹、不出声响。奶不吃，饭不吃，只吃酒。

再后来，年头乱了，老和尚家也跟着成了块干泥巴，往地上一摔就整个地散开花。

家中族人这才恍然大悟，老和尚之前装的羊角风，是给整个家族的命运做预演呢。

家中族人开始担心老和尚不哭、不闹、不出声响的痴，也是家族命运的某种前行现象。为避免老和尚再次给家族落实预演，家中族人将老和尚丢出了家门，清出了族谱。

这一年，老和尚三十了。

之前给老和尚的爷爷、父亲放焰口的和尚，瞧出了老和尚的前途。老和尚生来就不一般，生来就与佛祖有缘。

他捡起了被摔落在地的老和尚，剃掉了老和尚一头浓密的毛发。

老和尚这一头好似春水泡发过的毛发啊，像是就为等老和尚成为和尚的这一天，才从他刚出生就长得这样好、这样厚、这样异常。

一做了和尚，老和尚就真不痴了。可老和尚还是爱喝酒。一喝酒，他就做不了完全的和尚，就只能偷喝。一偷喝，他就得给旁的和尚发现。

旁的和尚不乐意老和尚也来拜佛祖了，他们撺老和尚去拜杜康。

老和尚这就从庙里叛逃了。

这多好，能喝酒，还能自己做自己的和尚！

老和尚捡到小和尚那年，老和尚四十多。

老和尚更爱喝酒了。

一杯他酒壮厌人胆。

两杯他脚蹬祥云，杀上南天门。

三杯他佛祖呼来不上岸，自称老衲是酒中仙。

他晓得酒中仙是捞月亮溺死的，但拒绝晓得酒中仙是喝了大酒，才去捞的月亮，随后溺死的。

他晓得佛祖瞧他这样，要叹息。可他天生血管里流的不是血，流的是绵竹大曲、汾酒、竹叶青、西凤等，支撑他皮与肉的不是骨头，是茅台、董酒、老窖等。

他天生的滥酒，他抵挡过的，他也想做个好和尚，不然他也不会足足哭到七岁才回归自我。他没辙，佛祖也没辙。

长年饮酒，令老和尚的双眼总是张不全、也闭不全地微睁，面色与面相也被大改，醉得像一尊佛像。

与小和尚搬进天井楼一楼那年，他五十多了。

他酒喝多了，说话依旧像给人换过舌头，吐出来的混合物依旧像泥浆，依旧烧嗓子。但他早已不是年轻的英雄好汉了，他离惨死已不大远了。

老和尚走向惨死的契机，是他发觉自己便溺出血。他本以为喝口酒，就能杀掉腹内的这股毒气孽障。结果是小和尚将他送去急救的。

中医同老和尚说了，从他的便血就足证他的血、骨、肉不是绵竹大曲、汾酒、竹叶青、西凤、茅台、董酒、老窖等。他要还想活命，就得将酒戒了，去……没等中医说完他该去哪儿，他就开始念经，装听不见了。

西医也同他说了，他的肝已经叫酒精毒害得硬成了天井楼的青石砖，缩成了一颗鸡蛋那么小的个头儿。

他又开始念经了。这次他是真听不懂，真有点儿怕了。

老和尚捻着佛珠："这病怎么治？我得怎么喝？"

西医："这病治不了了。您说您要喝什么？"

老和尚："喝什么酒，治得了我的肝？"

西医："喝什么酒也治不了您的肝。您要能给自己换个软的、比您巴掌大的肝，您就还能活。"

老和尚："这肝要怎么换？等换好了，老衲的酒，又怎么喝？"

三言两语的，西医就瞧出老和尚准没活头儿了。戒酒与换肝，哪样，他都办不到。没人能搭救下非要爬到阎王桌上偷供果的英雄好汉。

西医："您横着喝，卧着喝，劈叉着喝，跪着喝，抱着佛祖喝，都行。"

只有小和尚哭得像要打鸣："咯，抱着佛祖怎么喝？咯，'软的、比您巴掌大的肝'是什么药材？怎么采呢？怎么买呢？您一定救救我师父，咯咯。"

他不晓得给老和尚"换肝"，是将老和尚肚子里给酒泡坏的肝，割掉扔出去，再将旁人没给酒泡坏的好肝，缝进老和尚的肚子里。

他要晓得，他这时就得磕死在佛祖脚下。换肝可太吓人了！

但你要是就此料定，"换肝"就是小和尚将老和尚开肠破肚的原因，那你可就疏忽了。你漏掉了老和尚早有提及的那根金条啊！

两根金条的诞生

繁花落尽春如梦，坠楼人比落花多，

你就甭管他啦！

老和尚又醉了，醉得像只要睡的鸡。他的肚子开始变大，脸也黄灿灿得像镀了金，肝像被羊当草料给嚼过，又稀又碎。

忍了几日的不适，老和尚终于断定自己还是应该彻底治疗一下的。

老和尚以天人之姿入了佛门，理论上该是看破生死的。可他到底还是个人。是个人，他就该对自己真诚，他得承认自己在临死时，开始怕死了。

老和尚又去找了那位中医，手抓着人家的袖口，脚别着人家医馆的门，不让人家关，也不让人家走。

中医："大师，您这是扁鹊见蔡桓公了。"

老和尚："阿弥陀佛，您比扁鹊有本领！"

中医："我尿急，去去就来。"

老和尚："等您，赛扁鹊！"

中医这一去，就再没回来。

老和尚无法，再去找到西医，手抓着人家的袖口，脚别着人家诊室的门。

西医倒不尿急。但要换肝，也不容易。

老和尚："具体说说呢，西洋真有换肝这门手艺？您掌握了吗？"

西医："我是十年前在西洋学的医，我不是西洋人，西洋人哪儿愿意向我倾囊相授？这技术还是我新听说来的，还是人家西洋人愿意进步。"

老和尚："这手艺，有做成功的师傅吗？"

西医："还没有。"

老和尚："阿弥陀佛。"

西医："反正不换肝，您也活不成功了。"

老和尚："阿弥陀佛。"

西医："之前是没成功的，可或许您就是那个首个成功的。"

老和尚："那……"

西医："您可以先去筹点儿钱，估计这么换肝治，开销得不少。"

老和尚："阿弥陀佛，那您能给化点儿缘吗？"

西医："大师，您就别堵着我们门了，您找旁人化缘去吧！"

老和尚因长期醉酒而长出的一身佛像，令他收获了众多信徒。但轮到他换肝急需用钱的时候，信徒们就又不常见了。

从前没钱，老和尚是个大师。目下没钱加重病，老和尚是个不大如意的大师。

他的命半吊着，没人、没钱来托他一把。唯一一个愿来托他一把的徒弟小和尚，又是个一百斤的面才蒸出的仅一个的小寿桃儿，完全的废物点心。

老和尚晓得这是佛祖降给自己的惩戒。既然是佛祖降下的惩戒，他又如何治得好、活得下去呢？或许他真该像条塌了脊梁的老狗那样，卧着等死。

也不是没钱！

老和尚想起来了，他原来的家中，还是有些钱的。

被逐出家门，清出族谱也没什么。家里钱就在那里，他去拿就是了！

他换肝续命的钱，一下子有了方向。

老和尚参悟了，看来是佛祖向自己又开了恩，不然不会叫自己忽然想出这个自救的法子。他理应立即遵照佛祖的指示，可不好再辜负佛祖了。

还好爷爷、父亲葬在祖坟，同祖宗们都躺在一处。要是分开两处，老和尚还要携带小和尚与铁锹两头儿跑。以老和尚现在的身体，他是真怕劳累。

头是老和尚跪在爷爷与父亲的坟头儿前亲自磕的，坟是老和尚指挥小和尚拿铁锹挖的。老和尚一会儿觉着自己对不起祖宗，罪该万死，一会儿又极力想活，罪该万死也不怕。

掘祖宗坟的铁锹是老和尚化缘化来的。帮着老和尚掘祖宗坟的小和尚，是老和尚好心捡来的。爷爷与父亲离世时，家中族人早已预言老和尚与他的爷爷、父亲还会再见、重逢……这么看起来，过往发生的一切，都是在引领老和尚往掘祖宗坟上发展的。

这是乱年头，活人大都不争气，对不住祖宗的也大有人在。

祖宗们可都不要学老鸹的小脚娘，非找个人看坟头儿，不让人掘。

祖宗们得愿意贡献，才是真的好祖宗。最好死后再争口气，做个阎王殿里的两广总督，管住生死两地，庇佑子孙。不然祖宗们就光这么静静地躺着，是办不到荫蔽后人的。做不到荫蔽子孙，祖宗们自己也要不好意思的。

像老和尚的祖宗这样的，就算是到位的祖宗了。他们富有，并愿以不吱声作为默认，甘愿被老和尚掘坟。

老和尚："爷爷、父亲，我晓得的，我不吃奶，都叫你们心肝剧颤，我要是没活头儿了，你们更不安宁。坟里的东西，还是你们的。我就是拿出来用一用，讨个活法。那正好，咱们都心想事成。再有一点，现在年头乱，咱们家的东西，我要不拿来用一用，最终肯定也要叫旁人盗走。那你们更不舒坦。我懂，我都懂。"

老和尚算得上是实打实的假和尚，不称职，但小和尚可是一心修行的。

小和尚下巴上挂着舍不得走的泪，眼都给泪蒙住了。师父是熟的，但他已经不认得了："师父，这是您的爷爷和爸爸呀……"

经不经由小和尚提醒，老和尚也不会忘了祖宗。他要是忘了，倒免得他爷爷、父亲死后还要被迫孝顺子孙了。

可小和尚到底还是叫老和尚想起了自己的先人。老和尚哭得伤心，这泪与他久别重逢。他七岁就不会哭了，就染上酒瘾了，他成了田里自燃的稻草人，害人也害己。

他也悔恨，可悔恨是没用途的。悔恨若有用途，供奉神明的香火就不必飘在人间了。

老和尚："老衲是你师父。你要尊师，快挖。"

老和尚将自己的难处念经一样向小和尚说了一遍又一遍，劝他、求他，千万别停手。

小和尚哭着下铁锹。他觉着老和尚的爷爷与父亲可怜，老和尚可怜，但他不觉着自己可怜。他觉着罪恶该全是他一人的，不该师父来受。大家都挨雷劈时，他该一人顶上前去，包揽一切生疼。他啊，真是还小。

老和尚爷爷与父亲的坟，原来已经叫人盗过几遭了，但盗墓贼的眼光实在不行，值钱的古物还有残余。这叫老和尚心里好受多了。倘若他不是在此行恶的第一人，那么就可以算作他什么恶也没做了。

从爷爷与父亲身边抠出的瓷器、玉器还算有数量，不晓得能置换几个钱？

老和尚急于脱手，找了几个信徒做买家，可又担心自己要被买家短钱。他这几天都不喝酒了，徒留为数不多的心眼儿与几个潜在买家斗法。

他想，祖宗们的古物完全可以暂时在自己手里捂几天，等几个买家终于熬不住，自行前来加价，他再表演勉为其难，事儿就成了。

他为自己的肝长出几分世俗的智慧，无可厚非吧？

等了几天，老和尚先熬不住了。

老和尚是喝羊奶长大的人，性子也遗传的羊样儿，除了灌自己酒，他时常是不急不躁的。但目下不同，他的性子等得了，他的肝等不了。

老和尚主动去找了几个买家协商降价交易。

可几个买家呢，一个举家东渡、一个已被枪毙、一个找不到人被猜测死在了外乡街头、一个重病、一个看上了旁人手里的古物——老和尚手里的那些，全都不值一提了。

买家比红尘简易，老和尚这次算是彻底看破了。

买家总是不合时宜的。你不需要他们时，他们就是个站在河边卖河水的，你急需他们时，你倒要去海里捞针了。

都这样待祖宗了，还是没法子。老和尚心比肝先碎。

回了天井楼，灌点儿酒，酒都不带滋味儿了，又呕出一盆血。正垂死呢，却刚好瞧见从窗外走过去的拍卖师太太。

老和尚又立即参悟了，可别气馁！这又是佛祖提点你呢！

年头乱，多适宜穷苦人盗坟掘墓呢，多适宜古物进拍卖行里争芳斗艳呢！

老和尚将肝揉揉好，将心放回肚里去，再带着爷爷与父亲的陪葬物，爬上天井楼二楼，进了拍卖师的家。

拍卖师一瞧老和尚带来的古物，就晓得自己又可以为行长添一辆罗密欧了。它们太值钱了！他都替行长感到富裕！

可他都替行长操作多少次了？他再不为自己想想，就该乌龟变黄鳝，什么也不剩了！

他得赶紧自省，再不能这么克己奉公了啊！

只要他"操作得当"，他也可以将行长的罗密欧，悄悄转为他自己的首辆别克车，乃至太太这辈子的旗袍与病儿子这辈子的补药、玩具车。

拍卖师心里乐得开出了满园春色："大师，这是打哪儿新挖出来的吧？这犯了法律，可得坐牢！我们嘉宝拍卖行，不敢收。"

老和尚："还是你懂，一眼就瞧出它们的身份来了。可老衲拿过来的这些是自家祖坟里的财产，它不算孝顺，但它合法！你一定得帮老衲收进行里。怎样处理，老衲全听你的！"

拍卖师："这……"

老和尚："老衲全听你的！"

拍卖师："那行……这几年连着打仗，都打扰到出家人的清修了，连大师您都出来搞经济了。"

老和尚："老衲最近，需要钱。老衲带的这些东西，在你们拍卖行，能拍多少钱？"

拍卖师："这年头，谁也信不着谁，谁也不敢走私底下的门路。买的，怕买假了。卖的，怕卖贱了。买卖这些老物件，确实还得看我们拍卖行。您这些东西，年代太近了。但！我起码能帮您拍出两万块！"

老和尚："老衲与你楼上楼下，你不好讹老衲。"

拍卖师："我怎么会讹您！"

老和尚没做成出世的好和尚，但他是个入世的好大师："省长常说想请老衲去给他看看手相。"

拍卖师："哦？您认识省长？您早说嘛！那我起码能帮您拍出两百万！"

老和尚："别两百万了，直接换根金条吧。你拿五分利！"

拍卖师："你才说的全听我的，真不算数！大师，您算是把信仰、算命跟货币、人情都给吃透了！大师这么急着用钱？"

老和尚不肯说谎，也想通过博取拍卖师的同情，尽快拿上金条："老衲喝酒废了肝，想拿钱换个新的。西洋人有这门手艺，说是刚给换了头，都能立马起身翻筋斗！"

拍卖师："我们拍卖行常同西洋人做生意，他们有这神通，我是信的！可出家人不是戒酒戒色、四大皆空的吗？"

老和尚："老衲连阿弥陀佛都不大说，四大皆空，空也不能空在老衲的肝上。今天这些，不能说，统统不能往外说啊！"

拍卖师："明白！我太太嫁的就是我的嘴！"

老和尚："总之，老衲的肝，就交到你手里了。"

拍卖师："静候佳音！"

老和尚："和金条！"

实际上，老和尚的如实相待，并未从拍卖师处得到同情，反而亲口迫近了自己的惨死之期。

拍卖师手上已经具有一根金条了，那是他在与三楼老鸨的合作中，一次次"操作得当"的成果。

这根金条并不是一蹴而就的，它是具有一定的艰难性的。但这根金条并不为老鸨知晓，仅凭这一点，拍卖师已充分领会它的孝顺与贴心了。

拍卖师的眼睛，能分辨出一颗蛋里即将飞出来的，到底是凤凰还是草鸡。

老和尚带上二楼的古物，可不是老鸨儿子画的那些赝品假画。它们可都是货真价实、砸天响的！

人与人没法类比，人与人的老子也没法类比。老鸨的儿子有老鸨这样的老子，老鸨的儿子就得等着被老鸨坑害。老和尚的老子有老和尚这样的儿子，老和尚的老子也得等着被老和尚坑害。

或许就是人与人的老子没法类比，才导致了人与人没法类比。

几场拍卖进行下来，拍卖师已为老和尚赚来一根金条。

这根金条来得轻易，也迅速，长得还漂亮。

拍卖师可真羡慕老和尚，老和尚真亏了有个好老子，他是真有福！可他的有福不正是他的大逆不道？有这么好的老子，你还大逆不道！

拍卖师气得都忍不住了，他都要骂出声啦！

他决心替老和尚的老子做做主，替老和尚的老子惩戒惩戒老和尚。他得想法子将这根金条留在自己手里，而绝不叫老和尚称心如意！

就算不为老和尚的老子，而只为老鸹那根金条，拍卖师也得这么做。

金条本就该成双成对的才好。不然孤苦伶仃的一根，各自待着，那它们俩早晚都得生出精神毛病。

可老和尚的这根金条，与老鸹的那根金条，又有不一样。

老鸹是不晓得在这世上，自己本该拥有一根金条的。而老和尚带着古物坐进拍卖师他们家时，就已预定自己该有一根金条的。拍卖师无法罔顾老和尚的已知，而单方面替天行道。

要想将老和尚的这根金条也成功留下，拍卖师最好快病魔一步，先将老和尚杀掉。

老和尚不是已经坏了肝吗？哪个晓得他到底还能活多久？花去一根金条，他的肝就真能换好？

即便真治好了肝，可如今年头这样乱，老和尚又这样老，他又能再活多久？

人家好好的一根金条，就该为他一个老和尚年华虚度？

还是叫他不必铺张浪费了吧！还是叫他挨一挨对不住祖宗的惩戒吧！

拍卖师已因老和尚的这根金条，夜不能寐了好几宿，是新拟定好的谋杀老和尚妙计，治好了他的失眠。

老和尚现在的样貌实在不好，一瞧就是肝还坏在肚子里没解决。现在就是将酒递到他鼻子前头，他也要嫌辣，绝不自认是天生的滥酒缸子了。

在等拍卖师支付一根金条的日子里，老和尚并没有闲住。他仍在寻求换肝，抑或不必换肝的自救方法。只要谁告诉他，前方有他的解药，前方是轰炸区他都会立即匍匐前进。

可他还是死定了，拍卖师就是要他死啊！他似身后跟着条疯狗，无论他走哪条道儿，他都得挨咬。

又过了几天，老和尚是还活着呢。

目下，老和尚正躺在床铺上，远远地瞧着佛龛，在佛像跟前演练断气儿。他已不确信，自己之前的几次参悟，到底准确不准确了。

小和尚不晓得怎么才能治好师父，跪在佛龛前低头念经。念了三天，牙齿咬了腮帮、舌头也不要紧，只要佛祖能听见他的心就行。

师父是破戒，是喝酒，是该叫佛祖动气。惩戒要下来，那就该叫他这个徒弟来替一替师父。倘若不是师父捡了他，养活他，他都跪不到佛祖跟前。他要做封条一类的东西，替师父隔绝掉外边的一切惩戒，令病痛无法举步上前。

但佛祖已向小和尚传来佛音：

繁花落尽春如梦，坠楼人比落花多，你就甭管他啦！他就快惨死啦！死亡这不是已经踏进你们屋里来了嘛！

拍卖师走了进来。他要实施杀掉老和尚的大计了，成不成功，就看老和尚有多想活了。

拍卖师心里很有数，老和尚幼年家境不错，成年了又做了和尚，日子全过在了钱里、酒里、庙里。

这类人永远活在三岁半，也因此，这类人不难办的。

老和尚瞧见拍卖师，像一眼瞧见了要化成水的生死簿，急忙将小和尚支了出去。

老和尚："东西都拍出去了吗？"

拍卖师："还没呢。年头乱，将家里古物拿出来糊口的人，不少。他们都是原本就排在您前头的，这些我运作不了。但大师放心，再等半个多月吧，我们拍卖行下次拍卖，就轮上您的拍了！"

老和尚："到时候老衲真能得上一根金条？"

拍卖师："大师真性情，一听说金条就要到手，您笑得像颗老核桃！"

老和尚："老衲可没笑，老衲肝疼，忍的。按你的说法，金条还得过半个多月才能兑到老衲手里，老衲都不晓得自己还能活多久。"

拍卖师："看您这样，我心里像有一窝鸭子，一会儿游进来，一会儿游出去，难受。大师，能换肝的西洋医生，您找好了吗？"

老和尚："西洋人还是不够大爱啊！老衲找的几个西洋医生都不行，要么没这门手艺，要么就说他们信耶稣的，不救信释迦牟尼的。"

拍卖师："大师，我能帮您找到换肝的西洋医生！"

老和尚："阿弥陀佛！真的？"

拍卖师："我儿子的肝都是在他那儿换的！我儿子的病，全楼的人都不知道，其实也是肝上的。我那时都撂挑子了，可我不服气啊！终究给我找到我儿子的出路了！就是这位西洋医生给我儿子换的肝。但您也晓得了，信耶稣的不救信释迦牟尼的。我之前没跟您提，怕的就是这个忌讳！这位西洋医生信耶稣！"

老和尚："那……"

拍卖师："只要您别叫他晓得您信释迦牟尼，也别跟旁人提我要领您去他那儿治病就成，连您的小徒弟都不能提！"

老和尚："可没钱没金条，那位西洋医生能愿意帮老衲换肝？"

拍卖师："大师放心，这位西洋医生我帮您疏通，换肝的钱我也先帮您垫上！半月后您得了金条，再照价还钱给我不就行！"

老和尚："您可真阿弥陀佛了！"

佛龛旁的香炉里，插着几炷香。屋里进了风，升腾的香火有了形状，有直的、缠着风转着圈的，也有刚烈一点儿、想要撞开风冲出去的。但最终都随着佛香的燃尽，彻底地泯灭，无从查起。

香火外。

老和尚的头皮开始发痒，他又要长头发了。才一会儿，新生的头发就铺到了他眉毛边，跟他刚降世时一个样式。

小和尚不晓得缘故，还以为这是师父重焕青春，要得救了。

第二日，老和尚就躺到了手术房内。

说是手术房，瞧着倒更像是个麻将厅，很有风水，却不具备光亮。

好在老和尚不介意。

老和尚进了手术房，像进了佛殿。一颗虔诚的心是四条腿儿全都一个长度、平平稳稳扎在地面上的八仙桌，定当得很。

拍卖师给老和尚请来的西洋医生，戴着白棉口罩，脸不大，几乎全给罩住了，就留了一双眼睛在外头。眼珠不蓝，倒挺黑的，想来也不是全部的西洋人都长了一双蓝眼睛。

老和尚："你真是个好洋人哪！"

西洋医生也不礼尚往来夸回去，想来是语言不通。

老和尚："换了肝以后，少许喝酒这事儿，还可行吗？"

老和尚倒不问一会儿给自己换上的肝，是打哪里来的。大约他也晓得，长在人肚子里的肝，能是打哪里来的？总不能是田里长出来的！

不问、不好奇、不晓得，老和尚的心才能一直定当。

西洋医生开始给老和尚的静脉里推麻药了。

老和尚不懂，也不敢念阿弥陀佛，但心终于开始不定当了："你给咱换的是块好肝吧？"

老和尚这就睡过去了。

手术很成功。

老和尚一睁眼，就瞧见了天井楼的天花板。他的肝不疼了，整个身子也轻了。他晓得自己这是已经给换上了一块好肝，自己这就算给治好了。

真想再喝一口羊奶啊！

可什么时候能再喝酒呢？一顿能喝多少？那位沉默又好心的西洋医生也没给个准话。老和尚自己目下也没想好，那就再缓缓。

顶好！什么都顶好的！

小和尚也顶好，正给老和尚刮梨汁儿喝呢。

更仔细的道理与细节，小和尚也不懂得。小和尚只懂得，师父坚持自己出去治了一趟肝，回来就变得顶好了。

师父变得顶好了，小和尚可绝不敢认是自己跪在佛龛前面，向佛祖求来的成果，而是师父自己的修行好。

师父真的顶好，佛祖真的顶好！

小和尚的心情，也跟着变得顶好："师父，您感觉怎么样？"

老和尚身子轻了，心也跟着明净了，连话都更有智慧了："无穷般若心自在，语默动静体自然。到底是换了块新肝，老衲现在哪儿都不疼了，整个身子都轻快了！"

小和尚："那明天司令家的法会，咱能准时到了。"

照这样子的身体情况，明天的法会肯定能去的呀！

照这样子的身体情况，就算法会从元月一日办到十二月初八，办它个一整年，司令顶不住，他老和尚也一定扶着自己与司令的腰，帮司令顶住！

老和尚绝没想到换个肝，竟然就能叫自己这样的日新月异、炯炯有神。多亏了楼上的拍卖师！

也不晓得一根金条够不够支付今天的换肝？父亲坟里头，实则还残留了一枚碧玺戒指，当初没给掘出来是自己的孝心底线。真该也掘出来，给拍卖师做答谢的。

可忽然的，老和尚又开始肝疼了，他还闻到了带着发酵酒味儿的血腥。

老和尚撑起上身去瞧自己的腹部，那里缝着根鱼线。鱼线还是整条的，就是他腹上的肉给它钩豁了。

老和尚再往里头瞧：

自己的肝给没给换新，他不晓得，但自己的两颗腰子是肯定叫人给割走了！

老和尚彻底地豁开了。

租界里的大喷泉是怎样招揽观光客人的，豁开的老和尚就是怎样冲洗小和尚的。

老和尚的血，险些淹死小和尚。

真到了临死了，老和尚的光头上还冒出了一层白发，但这白发已不是老人毕生经验与智慧的标志了，而是腐朽与易上当的写照。

真到了临死了，老和尚倒不怕死了，他只怕羞。

掘了祖宗的坟已是丢尽脸面，最终还要遭受拍卖师的戏耍与谋害。他真是偷生得极不光彩，惨死得极丢脸面！

老和尚握紧小和尚的手："丢人哪！不能说，这些统统不能往外说！什么人都不能说。"

他得嘱咐好自己的小徒弟，什么都不能往外说，从头到尾都不能往外说。

小和尚眼瞧着老和尚死去。他哭，他也晓得，为了自己的师父老和尚，他该什么都不晓得，从头到尾地不晓得。

老和尚的死亡，令拍卖师得以从此手握两根金条。

谋杀老和尚一事，拍卖师其实是具备其他更加直爽、更加快速的技术与手法的。可他又实在热爱对弱势同类的残忍与设计。

他就是钟爱戏耍啊。猫拿耗子时，也从不磕头烧香、替耗子着想的。他与无间地狱里的恶魔是打好的生鸡蛋，浑然一体，分不清谁是蛋清，谁是蛋黄。

老和尚死的那夜，拍卖师还特意下过天井楼一楼。

那屋，那夜，从头到尾的无声，无悲辛，仿佛老和尚根本就没死，他只是同往常一样，出去化缘找酒喝了。

仿佛是出去化缘找酒喝的老和尚，就是活着的老和尚；仿佛是还活着的老和尚，就不会引人来调查老和尚为什么惨死；没人调查老和尚为什么惨死，拍卖师就能一直没有杀害老和尚。这多方便呢！

直到拍卖师一家遭人灭门时，拍卖师都没想明白，老和尚怎么那样给人省事儿？

明天

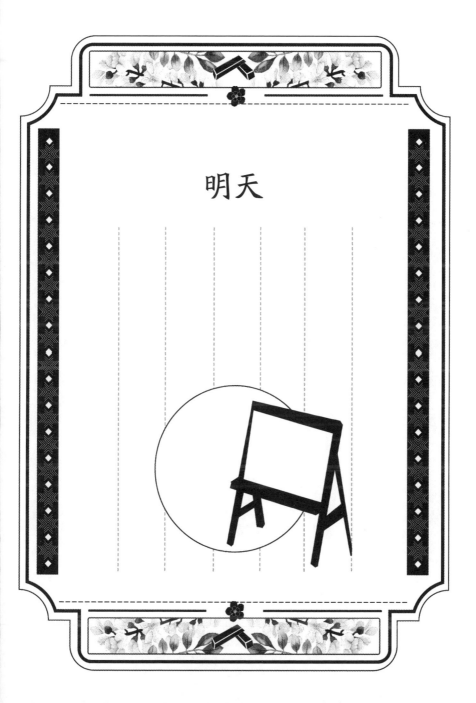

明天才值得用全心，

今天就算了。

倘若不是老鸨将敲诈勒索信塞到了自己屋，妓女绝想不到二楼的警察竟然遭遇了老鸨的绑架！

难怪自警察失踪之日起，老鸨家半夜总有不清不楚的动静传过来。

但自那夜敲诈勒索未遂之后，老鸨家倒静得像个菜窖了。妓女猜测，应该是他们屋里现在只剩老鸨与小画家两颗大头菜了。

警察去了哪里，妓女不敢猜测。

自那夜起，妓女也没再闻到身后跟着的硫黄皂味儿。该是老鸨听进了妓女的话，再不相信两根金条与她有搭界、牵扯了。

她与两根金条，自此就都安全了！

男人是暴晒在烈日下的冰山，靠不住的。

老鸨与警察，两个，不，一个半男人，先前不都是对她有心意的吗？最后不也都敲诈勒索到她这里来了！

他们要是光明正大地抢劫她、逼杀她交代出两根金条，她还能为他们的凶残与有胆量而高看他们一眼。可他们非要遮遮掩掩，立不起来!

还有一点，她到现在都没想明白：

老鸨与警察是如何达成的双双自信，认定她将为男人捧出两根金条呢？

这样的自作多情，她都觉得不可理喻。

她从不看王宝钏，不看昭君出塞，更不看霸王虞姬的。因为她看不得女人为男人吃苦。她只看《堂吉诃德》，她想去理解理想与自由。

倘若你要因此同她争论，她不懂古典、女性。她肯定也有话说：

这世上，有君王义气尽、姜妃何聊生的好虞姬，也必有为自身的清白、上进而强硬斯杀出一条血路的女霸王。这些古典女性是有不同，可她们不都是顶天立地的女英雄？

她心里是感激老鸨困住警察的。心想事成的日子，她打投进娘胎那天起，就没怎么过上。到了天井楼做了妓女，她倒终于达成了一次。

她现在是彻彻底底地独占两根金条了，也与海员说定了搭船去西洋的相关事宜。

船是明天晚上开往西洋的，她打算明天上午拿上金条去找海员，瞧瞧他给自己安排了怎样确切的一张位置。

真就要去西洋了，就在明天。

去西洋要渡的海，一下子灌进了妓女的心里，撞得她手里、脚下都是想要与什么对抗或融合的澎湃力量。

她当初是以怎样的心志与赤脚翻过草原，做了身不由己的自己，明天她就要以怎样的心志与赤脚穿越海洋，去由自身一回！

明天就要去西洋了，她今天是什么都可以怠慢的了。同楼里、楼外的人，她也不必再装腔了。她头发不上油了，口也不用细盐漱了，身子不洗也罢。她衣服、鞋早脏了，本来今天就该换了，但她明天才走，那就明天再换干净的吧。

明天才值得用全心，今天就算了。

她将她在天井楼的这间屋子收拾了一圈。这里的锅碗瓢盆、行李衣物，她是打算明天什么也不带走的。

明天就去西洋了，那么她今天也大着胆子，生一回当新娘子的心。等到了西洋，锅碗瓢盆、行李衣物，她想替自己，都换成新的。

一根金条换了逃生的船票，她还剩另一根金条呢。等与一根金条一起到了西洋，她什么都换得起！

换得起……的吧？

她忽然想起来了，她与西洋实则还不相熟呢！这样的不相熟叫她又不大笃定了。要是西洋的东西她与一根金条根本换不起呢？

你瞧，还没到明天呢，还没坐上去西洋的船呢，她就又要身不由己了。

她的心尖口因此拍起了蚂蚱，跳得她难受。

那就下楼去悄悄瞧一眼那两根金条吧。除了立时瞧见那两根金条，也再没旁的方法能叫她的心尖口不拍蚂蚱了。

天井楼一楼忽然响起一阵异动，像从小和尚那屋门口传过来的，实在不寻常。

妓女担心这是两根金条遭遇了什么风险，心尖口都快给蚂蚱震塌了。她一路冲下楼，脚上的鞋都丢在了二楼。

天井楼一楼的青石砖上，很快就铺满了人。

大家伸头探了一整圈，嗨，也没什么！就是天井楼外边的那个瞎眼乞丐，忽然发疯病闯进了天井楼里，偷了几根谁家的腌莴笋干。

受制于自身光明的迟到、早退，他才跑几步就给堵住，目下，正给大家就地按在小和尚屋子门口，热烈挨捶呢。

小和尚看不了这个，闯进人群里来拉劝、祷告，却都无用。怎么大家像是都指望这顿打过年呢？

瞎眼乞丐也搞不懂了。就为几根莴笋干，哪儿值得大家献出得吃下满满一碗五花肉才能产出的力气来捶他呢？现在你们谁家还能轻易吃得起一碗五花肉？你们可真不会算账！

瞎眼乞丐绝没有与大家决一死战的骨头。他十分熟悉挨捶的一整套流程。他得屈膝，后哆嗦，再闭上瞎眼装死。只有死去，才能引起大家的后怕与住手。挨捶，他有经验。

妓女："他偷了几条莴笋干？我替他赔你们钱。"

"钱"字，是最能激励与耗尽穷人力气的。

大家果然立即收住力气。可力气一收住，大家的脑子就又能算账了。几条莴笋干能值几个钱呢？这你也有脸面站出来替人说项？你真好意思！

大家不乐意了，转而向妓女发难："他偷咱们楼里的东西，咱们捶他一顿，他以后就长了记性，今天这事儿也都揭得过去！可你是长了六指儿啊，非要替他挠痒？到底是在门里干活儿的，是个男人，你就想做生意！什么男人你都贴上来？他有钱爬你的床吗？"

小和尚挤上来，要替妓女辩白几句。大家都晓得小和尚是个好人，但眼里又统统没有好人小和尚。大家礼貌地将小和尚搬至一旁，再来专心训妓女与瞎眼乞丐。

在前线打仗，两端横飞炮火子弹。在天井楼打仗，两端横飞吐沫老痰。

吵了一阵，妓女头都发晕。

你说她怎么能不想离开呢？在这里，她的仗义，在他们眼里都是带污渍的。

想到离开，她又不愤怒了，她明天都要带着金条，离开天井楼、坐船去西洋了，她还同天井楼里这群可恨的可怜人闹什么呢？

她忍到明天吧，明天一到，就都好了！

天黑了。

学好了一阵的老鸨，又开始夜不归宿了。

从妓女处彻底丢失两根金条的踪迹后，老鸨就又上赌桌了。

一来是对两根金条彻底死心的他，终于闲暇下来了；二来是他想不死心也来不及了。月底翻个身就到，除了重归赌桌，将命运与财运交给手气，他也再没有旁的法子能将三根手指留在身边了。

本金是从小脚娘坟底挪借的，是一个清末的粉彩子孙瓶。

小脚娘的棺材皮儿太薄了。等这一关过去，他一定给小脚娘新换一副更有担当的棺材，棺材里的陪葬物，也都给她换一批更光鲜有脸面的。

老鸹现在没有在拍卖行行事的熟人，也大不信任拍卖行。他将子孙瓶卖给了一个打南边过来收鸡毛的小贩。收鸡毛的走南闯北，转手的门路都能通到罗马去。他给老鸹的价钱确实不高，可人家怎么的，也比那死拍卖师给的价钱公道，也足够老鸹重回赌桌。

赌桌上的情形长久地乌云密布，一点儿也不叫人意外。

老鸹不肯认，还得赌。头发越来越油，指甲盖里的灰越积越多，两腮越来越往里缩，就连两只眼，也越来越具备独立思维。

老鸹眼见自己的三根手指忽然脱离了自己的掌心，还另外长出十几二十对小腿。他的三根手指偷油娘似的飞速倒腾着这十几二十对小腿，逃出了赌桌，他怎么找也找不见了。

是紧接着又输了一场，才紧急治好了老鸹的眼疾。

明天就到月底，也不晓得债主是不是个守时的人？他要不是，那可就好了。

但债主显然是个守时的人，老鸹在密密麻麻的人与乌烟瘴气中伸出两只眼，正好瞧见债主领着五个驹子进了赌场。

他们也不急，更没赌的瘾，就这么不远不近地把守着老鸹，等着和老鸹一起到明天。

老鸹的两只眼再将赌场四下扫了几圈，一条能带他与他的九根手指逃生的路都没有。

老鸹还不肯认呢，自打他头次走进赌场，爬上赌桌，他就找不到生路了。他的人生已是一桶泔水全部倒进被窝儿里头，整个地沤臭了。

老鸨脑子里的那只大鸟，比才进赌场时更加膘肥体壮了。它倚仗吞食老鸨日益混乱的忧虑与追悔，才达到了现在的丰满体形。

等到了明天，它将会比今天更加肥头大耳，令老鸨再也吃不消。

明天，来就来吧！躲不过，就不必怕了！手指头不要了，烂命也不要了！反正已经活够了，谁还怕死呢？哦！想起来了！他手里还有个法宝！有了这个法宝，谁晓得这次又是谁先头朝下呢！反正，他已绝不怕死！

老鸨暂时是这么想的。

小画家的下巴颏上有道疤，年代久远但仍有力起势。他要肯抬起头，那道疤就得化成一道光，直掀天井楼的屋顶儿，再注射进黑色的星月夜里头，在明天到来前，照亮今天的夜。

小脚奶离世的那年，父亲携带小画家出城奔丧。父子二人同坐一辆人力车。

人力车夫多数时候只在城里拉活儿，一般不拉出城的客人。城外的路他们不熟，也不好走，前边是沟，后边是坟茔，又或者前边是坟茔，后边是水渠。

总之，拉一回出城的活儿，你回来俩腿至少得颤三天。

那天，刚下完雪。

路生，人力车夫的脚也生。刚出城，人力车夫就抓丢了车把，令小画家与父亲飞出车去，砸进土里、石头里。

小画家下巴颏上的疤，就是这么来的。

当时，父亲的胸口还插了两根车条，父亲都没发觉，只顾着驮着小画家四处寻医。

那天，父亲整个人都是具有色彩的。

小画家记得，父亲是在后来才逐渐黯淡的。

父亲今晚又上赌桌了，公然的。

他们父子之间的那场赌咒，彻底失去对父亲的约束了。

那两根金条，父亲应该是没得手。但这已与小画家无关了。

倘若小画家是神笔马良，他也许真愿给父亲画个千八百条的金条。床底、橱顶儿、墙皮里、锅台下边，他都给父亲画上点儿，藏着点儿。好叫父亲有的挥霍，但又不至于一下子全挥霍光。

说到底，他这个父亲做得不尽责，但也确实叫人不忍心。

明天就要去意大利学画了，小画家到门窗旁守着天上的星月等父亲。他也晓得等不来父亲，但总该再最终等一次。

明天，他可真就要去意大利了。

小画家在袖子上擦擦泪。小小的衣袖，叫他哭湿了五个地方。等过了明天，他就再也不哭了。

天井楼又掉了两块皮，它早成了个毛发日益稀疏的老猫了。没人管它的，它该自己找个阳光地晒死自己的。

可它还顶愿意再来管别人的。

它晓得明天楼里大约有人要出事儿。那么明天，它想将整栋楼的门窗紧闭，叫楼里的人都出不去、楼外的人都进不来才好。那就所有人都安全了。

可它仅是一座无言又好心的楼，在明天面前，它也就仅此而已了。

死日

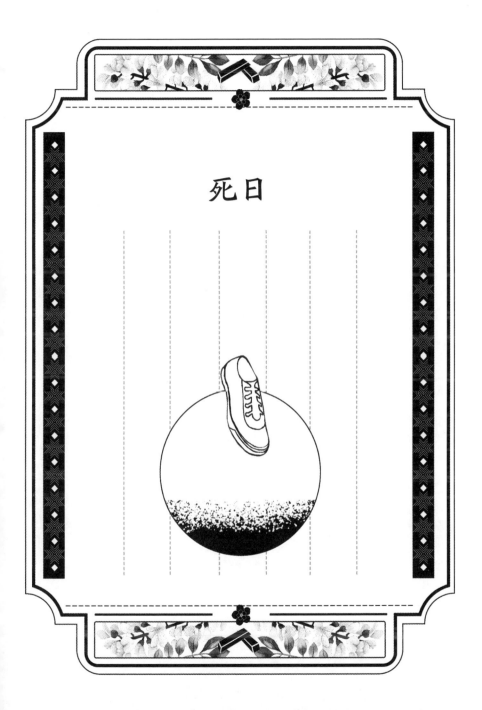

长在入海口的鱼很好吃，

叫人总也忘不掉。

天还没破晓呢，跟个新娘似的，还盖着红盖头，但已叫你晓得盖头下的脸面差不了，哪儿看哪儿好。

妓女守了一夜，才将小和尚守上了三楼。她急忙跑下一楼，从小和尚屋的佛龛内，取出一根金条。

两根金条都随身带上，并不保险。得等一会儿跟海员正式定了位置，她才好回来拿第二根，带它一起走。

秋已走了一阵子了，天都开始冻人脸与手脚了。妓女穿上那双回力鞋，顶着还不明朗的天色走出了天井楼。

老鸨还没回来。小和尚被小画家叫上了三楼。

今天的小画家同往常不是一个样儿。

你都不用细瞧他，你也晓得该是昨晚的星星、月亮落在他身上睡了一宿，到了黎明还赖在他身上，忘了要走，害得他一宿没睡。

小画家与小和尚躺在地上，瞧着屋顶儿的芒星。

芒星几乎全部完工，只是好像还差迎光一面要点高光。反正看着总是欠缺什么。但也足够小画家与小和尚在这颗略有不足的星里重新投胎、落地、见识父母师长、喝奶、吃菜、摔跟头、爬起来。

在星里的梦，小画家与小和尚只能做到今天。今天以后的梦，他们做不了。因为今天以后的年龄，他们俩还都没活到。

楼下的歪脖儿公鸡要养家了，实则也是它睡不着了。我睡不着，你们也就都别睡了吧！赶紧清清嗓子，伸伸脖子，喊一喊，闹一闹吧！

歪脖儿公鸡撵着星与月，叫它们赶紧走，顺道儿将小画家与小和尚的梦也给抽走了。

小和尚："公鸡早早起，为什么非要打鸣呢？"

小画家："它烦哪！哪个不烦要早起呢？"

小和尚："哦。对了，你爸爸后来又来借过铁锨。他……又是哪个死了吗？"

就要走了，小画家并不想谈这些，他得与小和尚告个别："小和尚，我要去意大利了。那里有达·芬奇、拉斐尔、莫兰蒂，没有爸爸。"

小和尚："你要出远门？可你还没长大。"

小画家："我都老了。小和尚，你别长大。长大可不是嚼人参那样光有益而无害的。人长大就会有想法，有了想法就会变坏。然后人就会被更大、更有想法、更坏的人杀死。长大的人，太弱了。"

小和尚不明白长大是什么，但他晓得好友的心重，重得像秤砣子一样："我从来都不晓得你具体在难过什么。可你不要总用心舔伤口，那样伤口可永远结不了痂。"

小画家："小和尚，佛家的天机，你参透了。"

小和尚："你什么时候走？"

小画家："等今天彻底画完那颗星。可我的颜料全没了。"

小和尚站起身来："我去给你买颜料。你别推辞，我要给你买。你们家的菜干豆腐，我得报答！"

天彻底地亮了。

有生机的人，天一亮，他就更欢喜，更想走出去，干点儿什么。

没生机的人，他是真怕天亮，天一亮，他就想躲着人。

老鸨就是个没生机的人。

天没亮时，老鸨手里的粉彩子孙瓶就给输出去了。小脚娘的厚皮棺材，今天是肯定换不成了。

他觉得自己其实已经很不错了。你瞧啊，他的债务不还是维持在十三万？他没有输得更多、更彻底，这就已是另一种胜利。

老鸨其实早该下赌桌了，可他还是赖着。

他要早早下赌桌了，债主就要晓得他已输得没办法了。他要还在赌桌上赖着呢，债主还当他有方法为那十三万的债务浴血奋战呢。

老鸨觉得债主就该有自己的一番觉悟。他确实是被老鸨欠下了一笔难追讨的债。所以老鸨实则是替他通宵达旦地端坐在赌桌上，赚那十三万的钱呢。债主要是够懂事儿，够通晓人情，他就不该再同老鸨计较太多。

但赌桌终究是要下的，老鸨是怎样都赖不到下月月初的。

冷静下来想一想，不到非得开战不可的地步，老鸨还是想以自己偷偷下赌桌、躲过债主与其驹子的追踪、逃出赌场再另想办法来收今天的场。

老鸨瞧了眼身前的赌桌，倘若不是身怀的技能有限，他真想闷声将赌桌一头磕碎，再在赌桌底下挖个地洞，逃出赌场的。老鸨可真是毁在不够好学上了。

可债主与驹子也是人，是人就会疲累。他们又不是赌徒，没有老鸨那种能在赌场夜以继日的水平与身能。看守了一夜，他们的眼皮也重得不大好掀开了，眼里全都跟含了情似的，不清不楚地盖下又掀起，掀起又盖下。

也就一两分钟的时间吧，他们的六双眼睛再睁开的时候，就一双都瞧不见老鸨了。

债主与驹子又将赌场里外搜了一圈，确信老鸨跑了。

债主："问问人，看这孙子往哪儿跑了。逮住了，弄！但别往死里弄，老子要钱！"

驹子："问了，说是去了成安胡同！"

老鸨今天心里落进了成双入对的不安，他老觉着有什么将要完蛋。

债主与十三万是一桩不安。鸡屎儿子不晓得怎么也落了进来，成了另一桩不安。

这桩不安大约与鸡屎儿子提过的"意大利"有关联。因此他好容易才逃出赌场，就直奔成安胡同。

成安胡同不宽，但房子足够密。

这一片的屋檐矮得长在这里的孩子，都不敢长个儿。

矮也就罢了，它还一个挨一个的，光都挤不进来。到了正午时间，小猫都恍惚，直嚷着要起来上班捉老鼠。

不仅如此，成安胡同里边住的穷人比天井楼里还要多几批。人活在里头，全像在小马勺里淘大白菜，实在转不开身。

成安胡同里边也都是土夯的地，小猫抬个爪都要扬起一段尘灰。人在里头过日子，像整日住在香炉里。

这样一比较，天井楼都眉目清秀、富丽堂皇起来了。

怎么看，整个胡同都是乌漆墨黑的、不具备艺术气息的。那个意大利到底在这边的哪儿啊？

这时，从胡同里头走出一个倒粪盆的居民。他手里也没个照明的，可他一路拿脚往前蹚着，像是脚后跟上也长了眼睛，竟令他迈出的每一步都是准确的，指向茅厕的。

老鸨才打听到，意大利里曾教出个叫达·芬奇的艺术天才。可达·芬奇的师父总不该仅以教授达·芬奇走夜路，而将达·芬奇教成一代艺术巨匠的吧？

老鸨的不安更深了，他忙将捧粪盆的居民拦住："哎！"

居民："吓我一跳！差点儿全洒！"

老鸨："哎，意大利在你们这儿，是吧？"

居民："可不！您往前再走两步就到。"

老鸨没想到成安胡同里头净养损人。他们什么话都敢瞎答，老鸨也就什么都敢信了。

老鸨还真往前闯了两步，可他脚后跟还没长眼，在黑里摔了一跤，爬起来，正好瞧见一扇胡同门。

门上贴着上一年的春联，红纸都给晒白了，但隐约还能看见上面残留了几个字，像有个"意"字，也有个"利"字。老鸹猜测原本的"大"字，该是给太阳晒化了，要么就是给雨冲化了。

原来"意大利"就是对春联啊！贴春联的门里头，该就是鸡屎儿子想学画的地儿了。那这"意大利"也没什么不寻常的嘛！

老鸹舒了口气，他只需确信意大利就在成安胡同里头，就安心落意了。

老鸹往外走，顺手将背上的铁锹勒紧些，心里已有了一些接下来的打算：

债主与驹子已被他甩脱，这就用不上了。他打算先回天井楼，嘱咐妓女这一阵替他多照看看鸡屎儿子，他先出城躲债。欠的债他绝不会一直不还，他将在躲债的日子里，想出还债的法子。

出了成安胡同，外边的天就是亮的了。

债主照着亮，一眼就瞧见了老鸹，赶紧带五个驹子将老鸹围堵住："哥，月底了，我来收钱。"

老鸹："还没钱，没钱还。"

债主："那我来收手指头。"

债主与驹子这次人人手里有刀。老鸹仅以壮与长得像牲口而不足以应对，他赶紧取下了背上的铁锹。

铁锹就是他的法宝。

这是老鸹头一次拿铁锹对付活人，他一铁锹扇倒一个。铁锹乒乒地响，像是在吟老鸹作的诗。

巡警路过，才将债主与他的驹子们从老鸹的铁锹下救下来。

老鸹又跑了，债主与他的驹子们在老鸹这里吃下的亏，总是没有变化。浑身的伤与怒气，以及反复地落败，令债主视钱财如粪土起来："你们两个办自己那边的事儿去。你们三个跟老子去逮人。人逮住了，弄！往死里弄！那钱，老子不要了！"

老鸹跑得可真快，脑子里的大鸟都给他落在了脑后，怎样也赶不上来。他一路奔逃，肺跑得比马的还大，双脚也像在空中浮着，根本不着地。

又一次成功从债主与驹子手下逃跑，令老鸹原谅了过往受的困苦。他得承认，过往与目下，一切都是有因缘的。

倘若不是两颗卵蛋已被摘取，叫他两腿之间少了阻碍，他这会儿大约也无法掌握如此上乘的逃跑功夫。

跑过一处河道时，老鸹一眼瞥见了站在对岸的神女娘娘。

他的诗意与对美的感悟，早给他全塞进屁股沟里了。可到了这时，他多少也瞧出今天的神女娘娘，比往常还要动人些。

像是一片无垠的草原上，长了半人高的绿草，风经过，草齐齐地偏倒。草的凹陷处全是风的形状。但，风里还有一株白花没被晃倒。它也在动，可它就是静着动。这株白花不大不小，就是够白，瓣儿上还落了露珠。花瓣儿再自行抖一抖，露珠跌下来，滑进土壤里。露珠在土里化开，再来供养风下的绿草与白花。

她今天，就是这么个动人法。

她今天的动人，不是静的，不是单一的，是动静相宜的、细致的、全面的、生机的、完全不管他人死活的。

在外边遇上她，那正好，不用老鸹特意兜回天井楼了。老鸹才要喊住人，神女娘娘的步子却紧急折了个弯儿，不见了。

债主带着三个驹子追了上来，就在河道对岸，跟妓女同一边。

他们也不敢吱声，走路都是先将脚后跟轻轻、缓缓地摁在地上，脚才敢整个地放平，生怕老鸨发觉，怕他要排臭气、要断尾，再给跑了。

等债主带着驹子好容易占了条船划到对面，老鸨倒又登桥去了对岸。

债主简直要哭湿枕头。

船桨举起来，再追回去吧！

悬在河道半空的小菜蛾，极懂事儿地给老鸨与债主让出位置。为了生存，他们和它都有要追寻的。它真愿他们俩都心想事成。

江边都是船，也不晓得哪艘是要带妓女去西洋的。

往江岸边走时，太阳还在身子左边。还没走几步呢，太阳就升到了正中。太阳催得人着急。

妓女已经赶到与海员说定的地点，可海员还没到呢。妓女瞧了眼身后影子的方向，猜测是自己到得太早了。

路上走得急，脚上的回力鞋又是新的。鞋头儿挤着压着，像一头大象踩住了她的大拇哥。

脚上旧伤加新伤，令妓女一步不好多走、多跑。她决心找个看起来和善的石头，坐下来等海员。

太阳照在江面上，像铺了一江的银子。

几只长细腿的江鸟立在江边，正捕鱼吃呢。一口啄下去，开肠破肚的。美则美矣，可实在残忍。

妓女观赏着江鸟捕鱼，又等了好一会儿，海员还是没来。这下子，江里的鱼、树上的果、田里的麦与土豆，都已替她等得不耐烦了，就连妓女怀里的那根金条，都要睡着了。

海员大约是不来了！

乱年头过得像末日就要到了，有钱的、没钱的，都照仿唐玄奘要西游呢。船里位置紧得没法说，或许海员之前向她承诺的，要不作数了！她去不了西洋了？怎么能这样！

哦！来了！

海员身后披着光，就这么走过来了。

哦！不！

海员更像是被太阳的光，一路推着走来的。他笑得像银行里的金币与弹药库里的枪，实在叫人从各方各面都安心。

妓女瞧他像瞧见了小和尚屋里的佛。

她认定海员这一生，只该走两条道儿。一条道儿是带她去西洋重生的海员；另一条道儿是去做救苦救难的神佛。而海员没有走上第二条道儿的唯一原因，只是他没生下来就做了古印度的太子。

总之，他来了，她就有希望了！

她将怀里的金条捂得紧紧的，像捂着一根新长出来的、存血的脐带。

无论如何，她一定要用一根金条换一张去西洋的船票！

妓女："有今晚的船了？"

海员："有。"

妓女："那我今晚走！"

海员："确实是一直有船来往，就是没票上下。你也晓得，省长大约是无法连任的，这叫从前跟着省长的达官贵人心里都没数了，都想走。大家都怕头朝下，但大家都还有点儿钱，都要买票往西洋跑。你的那个位置，几天了，真是不好抢，不好定。"

妓女："可你答应我的呀！"

海员："倒还有位置！就是贵！"

妓女闻言忙低头打开怀，要将那根金条拿出来给海员，换船上的位置。

海员瞧准了妓女低头的时机，终于方便翻脸。他狠捶了妓女的头，再钳住妓女的发，将妓女往江边的一艘船上拖拽。

拖了一路，妓女也不是没呼救，周围人也不是没瞧见，可就是没人上来拦一把，救一把。

麻子与麻烦，都是与瞎子相得益彰的。

对他人的危机视而不见，并不是天井楼居民独创的嘛！

江上的风吹起来了。

江上的船全给江上的风打搅得忐忑不安。太阳铺了一江的银子，全给它们俩压碎了。

一江的美妙碎银，就这么捡不起来，也合不起来。造孽得很。

这艘船是运丝绸去西洋的货船。

做生意的船，得分给人看的与不给人看的两层。这艘船的下边一层，就是不给人看的。

妓女被海员扔了下来，却没摔到船板上。因为软的、肉的、众多的女人，接住了她。

里边太暗了，叫妓女瞧不清具体状况，但她闻得出来。

这里关的是十几个与她一样上进、善良、遭受了欺骗的女人。有比她大的，多的是比她还年幼的。有的在哭，有的在骂，带出的口音也是贯通东西南北的。

　　船上的丝绸是西洋的标准，那么船一定是开往西洋的。一艘开往西洋的船，却拘役了一层的东方女人。想也知道，她们全是要被拐卖到西洋卖皮肉的。

　　西洋？嗨！原来也没个好样儿！

　　到了这时，妓女还没去深想，为什么她那些远渡西洋的姐妹来的信，全是海员带来的呢。她就是急了，倘若真给这艘船以卖皮肉的目的拐卖去西洋，那么她还是没新生，那么她还怎么给伯爵与伯爵夫人洗衣服呢？

　　她之前还担心自己到时别给伯爵一家洗不干净衣服，那人家西洋人可就要看轻自己的手艺了。就算有当伯爵夫人的小姐妹的关照与担当，她也还是要难为情的。她因此还特意准备了一批这里的皂荚和猪胰子，要一并带到西洋去呢。

　　这可不行啊！她要下船！必得下船！

　　她试了。

　　她求饶，顶好叫几声哥哥、弟弟，准没错！

　　不行？那就再求，将她的身世与家人全都请出来！他们不同情、不愿理？好！那他们总该懂她抛过来的媚眼儿。还是不行？那就跳起来！撕破他们的脸与衣服！

　　她被船员推倒在地，脚底板儿给捶得开了花。船员还指望拿她们的脸和身子去赚西洋的钱，因此他打人都是带有技巧的，不叫她们的脸和身子上看出伤。

　　妓女向海员苦苦哀求着："金条跟去西洋的船票，我都不要了！你放我走就行！"

　　海员笑出了仗义的劲头儿："那不行！我收了你的金条，答应了带你去西洋，就肯定要带你去西洋。"

这时，进来一个人，提着煤油灯。

妓女的脑子和眼睛，还没认出人，但脚底板儿已经记起来什么，鼻子也闻出了什么旧交情。

进来的人同海员说："你就听她的，不让她去西洋了。"

妓女辨不出来哪边是西，索性按照脚底板儿的心意选了个方向，跪了下去。

旁的女人们也全都听见了，妓女被才进来的这个人出口搭救了。这叫她们也不肯被迫害了。她们赶紧爬上前来，求妓女当当佛爷，也替她们求求才进来的这个人，也放过她们！

妓女成了真佛爷，口无言，面无情。接受一切，包含一切，挨得过一切似的。

只有她自己晓得，她正遭逢恶虎，可她没有供己逃跑的双脚，她救不了自己，更救不了她们。

一进暗舱，嫖客手里的煤油灯，就叫他的老鼠眼瞧清、认准了妓女的容貌。

他还记着她呢，永不忘的。

天井楼三楼的那个婊子嘛！

他是没有能力的。

他在壮如牲口的老鸨跟前，是无法喊打喊杀的。

他在腰间挂枪的警察跟前，也是无法喊打喊杀的。

可他在手无寸铁的她跟前，就是可以喊打喊杀的！

嫖客上前拦在了妓女跟前，要成为她跪拜祈求的新对象。

他从妓女的头顶儿，一路摸到发尾，将她的头发当成狗绳儿，再将她拖出了暗舱，丢下船去。

瞎眼乞丐，从天井楼外被人扔到了江岸边。

不仅是他得罪了那几根莴笋干，也是他明明瞎了眼，"瞧见"的却比旁人多得多。

决心做瞎子以后，他算明白了，瞎了眼可绝没什么不方便的，瞎了眼可太方便了！

什么人、什么时候、做什么事儿，他们轻易都不避着你。

天井楼的居民也是最近才发觉他们太草率了。他们因歧视而低估了瞎眼乞丐，令瞎眼乞丐晓得了太多他们的秘密。

那个身患软骨病的孩子是他父母害死的秘密，不就是由瞎眼乞丐优先传出来的？

那家的父母也是太过猖狂，你摔小孩，能当着旁人的面吗？你当着瞎子的面也不成啊！

莴笋干事件东窗事发后，天井楼的部分首脑居民，团结在一起，进行了一轮友好讨论。

经过拟定正式与会人员，提出"瞎眼乞丐似乎晓得不少天井楼里的秘密，这事儿要如何解决"的会议议题，分析扔掉瞎眼乞丐的可能性这一套流程后，天井楼首脑居民们最终靠抓红、绿豆子，选举出了一个代表，将瞎眼乞丐挪出了天井楼。

于是，瞎眼乞丐就被扔到这里来了。

瞎眼乞丐是忽然生出的志气，他们不叫他回天井楼，那就不回了吧，哪儿都有乞丐，哪儿都能活！

江边的风实在大，瞎眼乞丐起身往前走两三步，得给吹回去五六步。那他还不如将目的地定在屁股后头呢。

屁股后头十步外的风声里，夹着幼猫的惨叫。他做了回算数，先往前走了六七步，并最终果然给江风吹到了幼猫的跟前。

幼猫瞧着不足满月，瘦得像长了毛的红薯干。无论如何，既然已经叫他遇上，他就要搭救它！

得给它弄点儿什么吃的。他鞋底下塞了一块银元，是天井楼那个妓女给的。不到最后时刻，他哪儿敢、哪儿舍得用？

他想，遇上这只待搭救的幼猫，就是那个最后时刻！他要拿着这一银元，去给这幼猫买几条小江鱼熬汤吃。

死亡必定是乏味的，他绝不叫这只才一个月大的幼猫立即就经历。

托着幼猫沿着江边走了好一段，也没个打渔的船。等再走出一段，他瞧见一个女人从江边的林子里走了出来。

女人身上挂着衣物，但不能算作穿着。她四肢全在，但两条胳膊就像是挂在身上的。她的鼻子也被人打坏了，只能张嘴呼吸。

女人的身体看着还有生气，但已瞧不见魂儿了，像是有刀子往她背上落，她总是一颤又一颤的。

女人是给他银元的妓女，他没想到能在这里遇上她。

妓女也瞧见了他，与被他搭救的幼猫。他看上去是那么好心，自己都吃不上饭，还要搭救一只幼猫呢，那么他也会好心地搭救妓女吧："救救我，也请救救我……"

她落难了！

他自然是要搭救她的！幼猫他都搭救了，更何况是她呢！

全天井楼、全世界，只有她对他好过，只有她给过他银元！

她多好呢!

可她是如何落难的?她是为什么才落难的?她具体落的什么难呢?

落难的人能是好人?你要真是个好人,难能主动落在你身上?恐怕你就不是个好人!

她又为什么要对他好呢?对了,她原本就是个妓女,那她是将他视作潜在的恩客了?

恐怕是了!就是了!绝对是的了!

她都将他当作潜在的恩客了,那他就不便无动于衷了。

活得最为磊落的人,绝不是君子或圣人,而是擅长对自己撒谎的人。在这乱年头里,君子或圣人,活不长的。

他将妓女,重新拖回了江边的林子里。

他将她最后的几滴生气,当作一种补品,全都吸进了自己的身体。怕什么呢!舍不得什么呢!她是天生的妓女嘛!

江边的景,到了下半场,脸都有些烧红了、泛黄了。

她丢掉乞丐交还回来的一银元嫖资,走出了林子。脚底板儿本该生疼的,但她就是没知没觉了。

她想不明白,各处都想不明白。今天遭遇的委屈与迫害,她到死也想不明白。

她什么委屈与迫害都没招惹,但委屈与迫害就是莫名其妙地强压上她的背!不该啊!真不该啊!

可想叫你受委屈、受迫害的人,在叫你受委屈、受迫害时,是不管你该不该受委屈、受迫害的啊!

不！人不至于那样坏！一定是自己做了不忠义的事儿，遭了报应。

那么自己到底做了什么不忠义的事儿呢？

哦！想起来了！将警察的两根金条按下不表，害他生死不明，这就得算很不忠义了吧？那自己可真不忠义！

找到了自身存在的不忠义，再叫她接受这一切的委屈与迫害时，她就可以坦然一些了。

真不该总想着走出来的，脚底板儿早就给那杂碎打坏过一次了，那是老天爷给的救助提示。自己怎么早不接收这提示呢？还非得今天执意走出来？

可她就是个执意的人啊！脚坏了，她的身体两侧还垂有一对被人折掉的翅膀呢。草原、城市、西洋都在她的翅膀底下，她能飞过去的。

哦！可她的翅膀是蜡做的，她一飞高、一飞远，翅膀就要给太阳照化掉。

破了，什么都破了！

从前做好人的本性破了，去西洋重新做人的决心破了，想要争气、想要身由自己的皂荚与猪胰子也破了。

各式各样的破败，在今天全糅到了一块，像各味毒药材全糅到了一起，糅成了一颗毒药丸。全部的破败令这颗毒药丸成了为她精心准备的，她必定要在今日服下了。

脚上就剩一只回力鞋了，另一只不晓得是什么时候丢的、丢哪儿了。原本还想穿着新鞋走上新路的，可惜了，不成了。

她浸入江底。

悄无声息地时过境迁。

脚上仅剩的那只回力鞋，漂去了入海口。

长在入海口的鱼很好吃，叫人总也忘不掉。

满江的船，像赌桌上的牌，多，也乱。你伸手捞一把，再翻个面儿看看它的真面目，有去西洋的、有去南洋的、有去东洋的……

登上去哪儿的船，就是手里的牌给打出去了，结果怎么样，凭运气定输赢。

老鸨经历过风波与折损，想过做诗人、想过做情圣、想过卵蛋与手指再生、想过戒赌、想过翻本、想过出卖儿子、想过敲诈心上人，甚而想过索性干票大的，在省长家门前，横上一辆粪车，拦下省长的车，将省长绑架，逼迫省长替自己还赌债，但就是没想过要登船到外边的哪片洋里去。

老鸨认定，在自己这片地面都活不好的人，挪个地面，挪个再远、再大的地面，也还是活不好的。既然哪片地面上都活不好，那么索性就将根牢牢扎在自己这片地面上。好与不好，至少给各方都省事情。

寻妓女寻到临江时，老鸨发觉自己给债主跟住了。手里的法宝又豁了口，卷起了边，他找了个林子躲了一阵。打另一头儿出来时，捡到了神女娘娘的一只鞋。

像是过年就要吃饺子一样的惯例，年头一乱，女人、小孩就有给弄死或拐卖的惯例。

这只临江丢弃的鞋令老鸨立即猜测，神女娘娘是遭遇惯例了？

"鞋"是人在一切危局中的定心丸。

一个走投无路的母亲，只要脚上还穿着鞋，她就绝不会饿死自己的小孩。

一个被人逼到江边的霸王，只要脚上还穿着鞋，他就还有飞跃逃生的可能。

一个整根脊梁朝天的老人，只要脚上还穿着鞋，南村恶童就无法将他屋上的茅草全部盗走，更无法将他欺到彻底的角落里。

丢了鞋的母亲、丢了鞋的霸王、丢了鞋的老人、丢了鞋的神女娘娘……后果，你怎可想象？

江边的船，全码在明面上，但哪张才是老鸨想要的牌，他并不清楚。

老鸨伸手就捞一把，再翻个面儿看看它的真面目，这艘是去西洋的、那艘是去南洋的、这边这艘又是去东洋的……

老鸨就是翻不到载有妓女的那一艘。

那就接着翻。

他一直在喊她，打算喊到她的耳朵看到自己为止。

他的喊声像古钟，不然无法给她罩住，帮她躲过天打雷劈的劫难。

他想，等他找着她，等他带她一起回了天井楼，他就……他就什么呢？他能什么呢？他什么也不能啊。他多无能呢！

江边人多、船多，老鸨孤魂野鬼地走在乱年头最后一程的江边，寻找另一只孤魂野鬼。

嫖客与海员，饿了。

饭是命脉，得自己烧。

炭火合力托着铜锅里头的海带、海鱼，还有四块腌猪肉。四块腌猪肉都有拇指长，拇指宽，四四方方、肉肉头头，是四块贴心的食材。

依照腌猪肉的数量与常理来说，该是嫖客与海员二人平分它们四块。但海员将它们四块全插进了自己的碗里，嫖客也认，也不吱声。毕竟嫖客刚刚损毁了一个要被他们送到西洋赚钱的女人。女人的命在海员这儿，能抵消他多吃的两块腌猪肉，与嫖客的不好意思。

嫖客与海员吃饭的桌子不大稳当。

四条腿儿里，有一条是短了一截的。长年累月的短旁的三条腿儿一截，叫它都不好意思了，它常带着整张桌面一起，给桌上的人磕头道歉。

海员将那根金条在手里来回地掂量："我当她拿什么来买船票呢！这玩意儿，能是真的吗？"

嫖客："肯定是假的！铜皮包的砖头！谁有了金条还出来卖？"

海员："也是！"

海员将妓女带来的"铜皮包的砖头"拿去垫了桌腿儿。于是，吃饭的桌子，一下子稳了，老太师似的！

这下好了！短了的那条桌腿儿，再不必在旁的三条桌腿儿面前矮一截了。它的腿面上还给金条照得金光亮的。它可真神气，它哪里会想到自己还有拿金条垫脚的那一天！

老鸨领着铁锹进来时，一眼瞧见了嫖客，又瞧见了他脸上的四道肉杠 —— 神女娘娘刚刚与他斗争时，给他新造的型，最后才瞧见桌脚下边的金条。

产生过纠纷的嫖客、失踪的神女娘娘、去西洋的货船、不晓得怎么给拿来垫了桌脚的金条……重要线索都在，可老鸨无法将之全部串联起来。

因为老鸨根本不在神女娘娘这一篇章的故事里。就像影院里播出的影片，老鸨只瞧见了影片播出的结局，但不晓得影片是如何一步步拍到这个结局的。哪儿啊！他其实连神女娘娘的确切结局，都不晓得。

海员："谁啊你？"

老鸨："她人呢？"

嫖客："没看见！"

老鸨："我说谁了？我问谁了？你没看见谁啊！"

老鸨像条正在挨棍揍的老狗，反应快不了。

人家一棍子下来，他挨了打的脑子得先分辨分辨自己怎么了、棍子怎么了、打自己的人怎么了，再等一棍子下来，他才瞧清东南西北，认出自己正在挨揍。

他从登上这艘船到刚刚，才终于反应过来并确信了，神女娘娘的结局，必不会好了。

老鸨脑子里的那只大鸟，像被谁家刚烧开的热水浇了一身似的，开始在老鸨的脑子里作乱，狼狈又可怜。

老鸨的两鬓长出白头发了，是打他第一眼瞧见两根金条那晚，开始长的。

一样的起跑线，白头发就是比黑头发长得长。白头发太熬心血。再标致的人、再标致的一头发，只要出现白头发，就显出这人的亏损了。万年青也不愿瞧见自己的叶子发黄。谁都怕老。

老鸨想起他与妓女头次碰面的当天。他那时还不算老。

那时，老鸨才从小脚娘那里得到天井楼的第三层楼。

那时，他已经置办上了几张赌桌与十几二十副牌——他原本是打算在这层楼开赌场的，可没想开窑子。

也是！谁愿意触碰自己已失去盼头儿的那一面呢？他一个丢了卵蛋的人，是不应该率先想到给自己打造一座窑子的。就像轮椅上的人，是不应该率先与他人谈论奔跑的。

那天，她与其他几个妓女拎着行李衣物，逃难到天井楼，想租个房，半住、半营生。

天井楼的女人们瞧着楼外的她们，心里生出一种伤口才结痂的红痒。

天井楼的女人们也想多赚一份房租。可倘若真接纳了她们，那不就是拿起粪勺舀汤喝？饱是饱，但也实在叫人心里不舒坦。她们可是妓女啊！

她们就要被人赶出天井楼了，是她一眼瞧见了站在三楼的他。她将自己的眼神给了他，像是她饿急了，只有他兜儿里有米、有肉，可他还饿着她。

她很快觉察出他的傻了。他满头的发都是青绿的。她相信，倘若他去泡一壶茶，他泡的茶里，也必然带着傻的味道，就连喝过他茶的人，也会给他连累傻了。

他自然也是瞧见她了。

他想啊，老天到底是怎样，才能生成这样一个优美的骚货啊？

他想啊，她的家乡至少该有四大特产：酒、肉、草原，还有她。

他一把擦掉心里头下了三十几年的阴雨天，这就笑了。

他的笑，在旁人那里一点儿用处与意义也没有，但在她这里是认账与干脆的，像是他们终于遇见了一个人，体谅了他们吃下的全部苦头儿。

　　债主与三个驹子寻进来时，海员与嫖客已被铁锹神铲掀在角落。

　　老鸨手里铁锹的滋味儿，债主要比旁人尝得早、尝得多。瞧着海员与嫖客的死肉样式，债主都要相信老鸨在对自己下手时，已经算作含情脉脉了。

　　船舱的另一头儿，冲上来一批拿桨的水手，是要替海员与嫖客反击老鸨的。

　　已经有人替自己惩戒老鸨了，债主就不必久留了，主要也是担心自己要被无辜伤及。老鸨晓得的，他的债主打起架来，四肢总像是向债主太太借来的。

　　债主抬了抬下巴，领着驹子要退出船去，可后退的路上，又冲进来一批水手，将债主与驹子，误当作是老鸨的救援。债主解释了，但没人听。债主成了走投无路的老母鸡，给前后的水手堵住，自动划入了老鸨的阵营。

　　冤枉！实在冤枉！你清清白白地走在路上，凭空叫狗堵住，再挨一顿咬，你不冤枉？

　　他只是向老鸨讨要自己的钱，却遭了三顿打。你说这是什么道理？根本没有道理！

　　他有钱、有力，他还是要遭遇不讲道理。他太太平时在家无事，也要时常温习欺负他！他们都太没有道理！

　　算了，生什么气呢，看开吧。为什么不看开？比他更有钱、更有力的大人物坐的飞机都掉得下来。在这乱年头里，就是事事没什么道理。

打吧！打吧！日子早过成了掉了毛的乌鸦，怎么能不打？

打着，打着，债主及其驹子竟然真与老鸨打成了同一伙儿。

嫖客拎起还生着火的铜锅，砸向了债主。老鸨瞧见，替债主将铜锅给挡住了。

老鸨也晓得是自己理亏，自己欠着人家的债一直还不上，还害得人家被拉上船挨打。老鸨总要做点儿什么来抵消自己的难为情。

债主在老鸨这里，总算找到了一份世间该有的道理。他眼瞧着老鸨身披海带与锅汤，宛若从火锅中诞生的战神，将嫖客铲起来扔向了船壁。

船壁碎了，像台上的大戏拉开帷幕似的，露出了暗舱里遭拐卖的女人们。

老鸨的眼睛在这群女人里拼命地抓取她，可她就是不在里面。

他将鬓角儿上的白头发往下埋了埋，他得劝自己死心了。

老鸨与债主互相瞧了一眼，心里明白对方也是要救人。

阻拦解救的匪徒们都冲上来厮杀灭口。罪行叫人发现了，他们比刚才还具备杀心，但也都敢不过老鸨手中的铁锨。

她已失救，老鸨今天怎么也不能再叫旁人也失救。为救她们，别说眼前的是几个匪徒，就算眼前的是几座山，他也铲得开！

他有多久没写诗了？

不识青天高、黄地厚的诗人，哪里去了？

谁他妈晓得啊！早他妈不去想了！

那么今天就该再想想啊！趁着悲愤、趁着杀心、趁着想救苦救难、趁着想更改一切！该重新写诗了！你顶好也别管他的诗到底是什么体！他自己管自己，他最懂他的斩龙足，嚼龙肉，自然老者不死，少者不哭！

该捶的、该铲的，都捶倒、铲倒了。险些被拐卖去西洋的女人们，在他与债主、驹子的奋勇之下，最终都脱困得救了。

船上的丝绸，也都叫老鸹发给船上的女人们了。

她们披着行云流水的丝绸，得救了、自由了、新生了。得救的、自由的、新生的她们比丝绸还行云流水。

老鸹晓得了，令她们获救，才是他这一生最行云流水的诗！

拐卖、掠夺，要将苦难强摁在她们背上的匪徒，倒了一船，在她们往外逃时，几乎全叫她们给踩死了。

怪谁啊！他们作恶，他们还拦路！

烧铜锅的炭火真是旺啊，它们干了件令龙王险些要搬家的厉害事儿——它们点燃了这艘货船。

在火势即将殃及池鱼时，停靠在江边的其余船只已紧急驶离。诗人与债主、驹子也提前跳下了船。

只有那根被拿来垫桌腿儿的金条，与那把比旁的铁锹要见多识广的铁锹，被遗落在那艘船里。

火焰终于将船体烧尽，它们俩最终沉入火焰之下的江水里，再不见人，再参与不进人的纷争。

入海的江太大了，大到包容一切，藐视一切。它无意分辨金条与铁锹分别是谁，更无意晓得金条与铁锹，哪个更值钱。

这就是入海的江。

诗人与债主、驹子回到了江边。

他们的头发、眉毛、睫毛、汗毛都叫船上的那场火给烧卷了，手一搓就成了灰。这些都没事儿，又不是指头或卵蛋。皮跟毛缺了，回头还能长回来，怕什么！

诗人回头瞧了眼江心。

今天的太阳与船上的火焰，都要在江面上走到尽头了。在这样的乱年头里，谁也不晓得自己到底是船，还是江。

从前，他因为对小脚娘与儿子的为非作歹，而自动给自己画上了歹人的三花脸。

这会儿，江心的红与火，倒给他的脸画上了忠义的样式。

他今天是亲眼瞧见那根被拿去垫桌腿儿的金条的，可如今他再也不去想金条的事儿了。他都有救了一船女人的造化了，他完全可以当自己是身心齐全的了。他还要戒赌，真心的，并与儿子化解恩怨，真心的。

债主没有诗人的诗情画意，但也生出颇多感慨："我今天救人了，救了这么多人。我想都没想，我就救了人。我还没跟她们讨钱。我跟做了好人似的。"

诗人："做好人的感受如何？"

债主："轻！整个人都轻！像在澡堂子里泡了一宿热水澡，又给搓了灰，再给冲净、擦干，还给穿了真丝的汗衫。"

诗人与债主，像英雄遇上好汉，惺惺相惜起来："你人是好的。在追我债这事儿上，就能瞧出来，你人太好了。"

债主："在船上，你搭救过我。就算你不认我是好人，我也早不打算要那钱了。"

诗人："你要你的钱，你也是好人。你的钱，我要还。你不让，我也不让。"

债主："那你真是好人！"

诗人："你才是好人！"

债主："你才是！"

诗人："你是！"

十三万的债务追欠到最后，倒叫诗人与债主志同道合了。

二人目下的谈论方向已到互称对方"好人"这一步骤上。

他们一时也想不出，下一步还要再聊什么。

气氛越来越敏感，相见恨晚的情感一触即发，就快猝不及防。真想紧紧抱起来，哈哈大笑，互摔一跤！

诗人："火灭了，夕阳也下去了。你说红色到最后，怎么就一定要成灰色？"

债主："我不晓得。"

诗人："得回天井楼问我儿子，他懂这些。他画画，画得好！你跟我回天井楼。我家，你之前领人去过。我再买点儿老街的盐水鸭脖儿，咱们喝点儿酒。我给你看看我儿子画的画！"

债主的头上像是忽然遭了一道老天藏匿许久的雷，劈得他浑身一抖又一仰。

来不及了！拉不回头了！恐怕全完犊子了！

债主才想起来的，在成安胡同口又挨了一顿打后，他另派出两个驹子，是去天井楼叫小画家替父受难的呀！

两个驹子已经去了这样久，两位意外处出感情的"好人"却还在江边。那么，"替父受难"的孩子，恐怕来不及挽救了。

他看向诗人，他实则已无话可说了。

小画家的芒星

登船的时间定在后半夜。一会儿再往泊船的江口赶，时间上恰恰好。

小画家跟的船是艘五百客位的大客轮，他拿了三等舱票。这是他头一次出远门，因此在行程目标的制定上，还是太过理想化。他以为"恰恰好"的行进过程，就能导致"恰恰好"的原计划成果。他还想不到赶路的时间应该留有一段大大的空余，以防赶路途中发生堵车、内急、遗落必备品需折返回头取等情况。

好在他又忽然决定提前离开天井楼，去江口了。

因为他担心要是一会儿撞上苍蝇父亲赌累了、输累了，"恰恰好"回家，自己就不好逃走了。

你要晓得，要带着画板与足够支持他吃到意大利的烧饼，当着苍蝇父亲的面往外跑，他借口都不好找。

小画家走了，一件必备品都没遗落地走了。在债主的两个驹子还在赶往天井楼的路上时，他就先走一步了。真是万幸。

小画家临走时，还在老槐底下刨了一把土，装兜儿里打算带去意大利。

这是天井楼一楼的老兔儿爷过去教旁的小孩时，他听来的：

人离家到外地，要不想上吐下泻成个水龙头，就该放聪明些，带把故土走。一到外地，立即拿故土煮茶喝，保你在外地活到九十都不必请郎中。

故土多有惫念心呢！你两只脚都将它踹开了，它还拼着一把遭你嫌弃的老命，要保佑你消化系统安康呢！

小画家出了天井楼，打算由老街步行去泊船江口。

老街上做着五花八门的生意，赚着五花八门的钱。街上的各条道儿，也铺得五花八门的。小画家被绕了个五花八门，险些给绕回天井楼。

通顺的解释是，他平时常给画画拽住脚踝，不大出门导致的。

不通顺的解释是，当真离开天井楼时，他开始舍不得了，想掉头了。

他对着老街凭空瞧见了天井楼的晴阴天、干巴老槐、没睡好的歪脖儿公鸡、由瓦片头儿临时组成的葱盆、挨在楼角儿堵老鼠洞的炭灰、因小和尚常给浇水而花枝潮润得像美人刚洗过的腿的老月季。

还有霉菌毛，它们在天井楼墙体上的排兵布阵，真像一幅画。那画是呈白、青、黄、绿、蓝色的唐砖汉瓦、宋词元曲、梅岭荷塘、黄龙武陵源……

天井楼竟然也有色彩、光亮与形状？

他的思想忽然就成了撕破的蜘蛛网，吊儿郎当的丝随风扇动，左右摇摆，失去了自己的主意与作用。

何止啊，他要登船冲锋去意大利的心情，也给"啪"地一下子全砸在了地上，任凭他怎么拉也拉不起来。何止啊，再过一会儿，它会比地上的影子还难叫人抠起来。

老街上，几个小孩正围着一个才遭人丢弃的婴儿。

弃婴因遭人丢弃而哭。小画家因要丢弃他人，也要哭。但小画家又不好真的哭出来。哭出来多不好啊，又没人来哄。

他的思想这就给惊醒了。

一醒，他就立即失去了哄自己的耐心。

天井楼有什么好呢？苍蝇父亲有什么好呢？他们能将发灰的日子过成万紫千红吗？

他在天井楼时，常因苍蝇父亲的混账睡不着觉。不为画画，单为自此睡个好觉，他也要去意大利！

他要将"睡不好觉"，连着脐带一同从身上扯下来，丢弃在这里，再拿故土盖上，叫它们跟不上自己，跟不上去意大利的船！

小和尚才给小画家买好了一盒颜料。

那会儿，他不是答应他，要给他买颜料，叫他画完屋顶儿上那颗芒星的吗？话，他宁可不说，也不说假的。佛祖教他、不教他，他都要"说到办到"。

小和尚还不晓得小画家已经走了呢。小画家不是说得等颜料齐了、屋顶儿那颗芒星画好了，才走的吗？

小和尚记着小画家这话呢。自己的话，他都拿真的说。旁人的话，他都当真的听。

一盒颜料花了小和尚十五块钱，里边有十块钱是卖颜料的老板见人下菜碟添的。

倘若小和尚的年纪再大些，眼睛里的不依不饶学着小画家的模样再添加些，这十块钱，老板恐怕也就给他省下了。

他活在这世上的年月真是太少了，眼睛里的柔善可欺，令见到他的人都要护短心疼，觉着凡是欺害他的人，都该原地就死。

他的年纪与眼睛，叫他瞧不出十块钱的把戏，瞧不出两根金条与师父被人害死的把戏。别说瞧不出，他压根儿不懂得把戏与欺害的存在。就算他懂得，也总是在发现自己遭遇把戏与欺害前，就已先行原谅了一切的把戏与欺害。

他都这样了，小画家还千叮咛万嘱咐，叫他可别长大了。

小和尚带着颜料，正往天井楼赶。

但他的善心又漏出来了，他被老街上的那个弃婴给吸引过去了。

那个弃婴，大约是觉察出来自己快死了，因而哭喊得极为要命、不要脸。他都快显得他周围的大人，谁也活不过他了。

小和尚有善心，弃婴有生机，他们是最适宜的、绝配的。

果然，小和尚一瞧见弃婴，心头肉上就立即叫神农撒了一把五谷丰登的种子。他真想瞧这把种子以顶格的生机冒芽长大。

小和尚晓得了，这就是师父当年捡着自己时的心情。

人都爱往生机上靠，谁当真珍重暮霭沉沉的丧门星呢？捡了个生机，自己也就跟着有了生机。

小和尚在这个时候、这个地方，走进了师父的那一道轮回里。

弃婴的生，将为小和尚治好师父的死。

小和尚抱起了弃婴，要给弃婴借借谁的奶来喝。

哦！他忽然记起一件事儿，三楼的妓女曾用双奶给他洗过脸。但她还没嫁人，恐怕喂不饱这个小弃婴。

她还说要去西洋，不晓得具体什么时候、以什么方式？他在佛龛旁供了一串佛珠，想送她，保她平安，也不晓得，她肯不肯要？

估计肯要。

她从前是不信佛祖的，但她现在好像开始信了。不然她最近怎么开始拜谒到他屋里的佛龛前头了？

小画家又折回天井楼了。

他坐在家里的板凳上，等了有一阵了。

那会儿，他已经到江口了，也已经瞧见自己将要乘坐的那艘客船了。那船真大，比天井楼还大。

那会儿，他瞧见船员将一批达官贵人先领上船了。但对他们这些非达官贵人，船员又具有专业态度了，不到正式发船的点儿，人家决不肯检票。

这叫小画家想起来小和尚一早去给自己买颜料的事儿，担忧小和尚颜料买回来，自己却远道，小和尚的心要落空。

他决心再折回天井楼，等等小和尚。等同小和尚正式式告个别。等拿上小和尚送的颜料画完屋顶儿上的那颗芒星。

事实上，他心里很有数的，以他到达江口所用的时间，以及正式开船的时间来看，是足够他回去见一趟小和尚再折返的。

就算他赶回来的时间有延迟，这么大的船，难道还会不等他？忍心丢下他，到了点儿就开走？

小画家坐在家里又等了很久，可就是不见人回来。

小和尚属猫的，拉屎都是双手搂土盖住。他那样害羞，只出门买个东西，能给什么人、什么事儿绊住呢？

苍蝇父亲也没回来，他肯定是给赌桌绊住的。

他们都不回来。可他得走了，他得去登船了，时间来不及了。苍蝇父亲与小和尚，他到底是无法再瞧上一眼了。他本来还想露出点儿破绽，好叫他们有机会拦一拦他呢！

家门外忽然有人走动，像是谁回来了。小画家立即从板凳上站起来，走到门口。

天井楼的老槐低下了头。公鸡也不说话了，就站在鸡窝旁，一会儿左脸、一会儿再换右脸地盯着三楼瞧。

天井楼里的居民也都聚到了青石砖上，都张着嘴朝三楼望，都不敢动，都等着第一个站出来去老鸨家打探军情的勇士。他们都听到了动静，都晓得老鸨家出事儿了，也都不敢进去帮忙。

不晓得是他们里的谁常常去当铺，天井楼这会儿的风里都给沾上了樟脑味儿。但很快，老鸨家里的血腥味儿就传了出来，将这股樟脑味儿，给盖住了。

小画家的三根手指掉在家里的地上，浮在血里、碎骨头里。

这下子，他们家可真要被旁人误会，他们家的断指是遗传病了。

债主的两个驹子是特意选的小画家画画的那只手剁的。他们事后也不好意思与小画家再多待，两人带着小画家的三根手指，回去交差了。

小画家不哭不闹，好像他不晓得疼，他也并不惨烈似的。但他的心里实则是有想法的，他可不要再以一个活人的身份，走在阴曹地府里了。

警察的那把警枪，之前被他放在碗橱的簸箕里头了，枪里还有子弹。

小画家本来是将它们留给苍蝇父亲的。苍蝇父亲顶不是个玩意儿，仇家也多，警枪与子弹，能在危急时刻保一保苍蝇父亲的命。

但目下，小画家的这份孝心走失了。他将留在簸箕里的警枪，拿出来，抵在自己下巴颏的伤疤上。

怎么将子弹从警枪里发出去，苍蝇父亲之前教导过他。他当时也没当真地学，但目下他自己也能试探着来。

小画家的血与艺术思想同子弹一起冲上了屋顶儿。

屋顶儿上的芒星，大的完整了、小的平添了。这幅画，这回才是真正的什么也不缺了。

艺术文化的创造常源自最深刻的热爱或悲愤，这下子，小画家都不用乘船去意大利，就已有所成了。

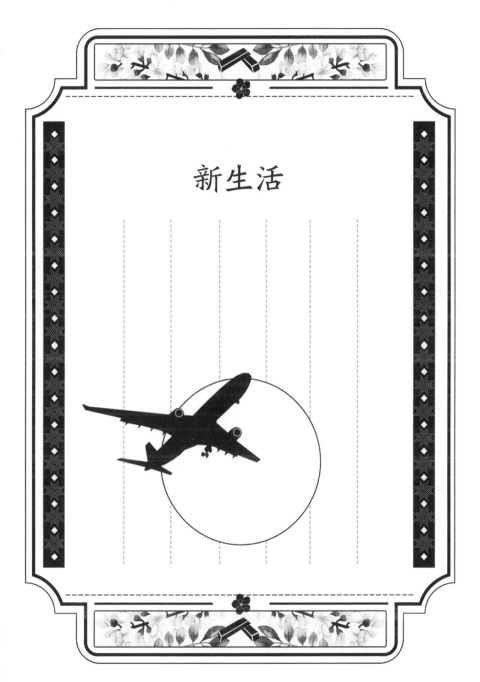

新生活

年头越是新生了，

越是什么旧的、糟的、乱的，

都想转换成争气的模样了。

乱年头在这一年的秋末全部结束。

在今年罕见的梅雨季时，爬上天井楼墙根儿、柜子、桌腿儿、人腿的霉斑，也全都在这个秋末退了回去。

天井楼的居民决心重理家具与楼体。最起码的，也该刨掉外皮，再里外刷刷吧。

冬天本不是干活儿的季节，你一伸手，冷空气就要将你的手"啪"地打回去。就连天井楼的那只公鸡打鸣时，也是给冻得半伸着脖子，不肯彻底地敬业的。可乱年头都过去了，缩干了皮儿的土豆都能抽新芽了、长了黄绿毛的面板子都能拿来做酱了，年头越是新生了，越是什么旧的、糟的、乱的，都想转换成争气的模样了。

天井楼的住户，也新换了几茬。

鳏夫终于攒够了钱，买通老旦的丈夫签下了离婚书，还买下了二楼小偷住的房。老旦也退了自己租的房，与鳏夫住到一处，做了新鲜夫妻。

天井楼的居民后来才晓得，那个小偷实则并不具备那间屋子的租用权。这个人，又偷、又骗、又杀人一家三口，真是吃钢丝拉弹簧的人，心肠是全部坏掉的！

但也幸亏这个人的品行不良，鳏夫才能低价接手这间房。

鳏夫是志得意满的。他自出生就做了墙缝儿里头的蚂蚁，他脚下就这么一条不好走的道儿。也因他的道儿就这么一条，他走得心无旁骛、坚定不屈。他以获得志得意满，引导自己坚定不移地埋头苦干，又以心无旁骛的埋头苦干，而果真获得最终的志得意满。

如今他如愿住进天井楼了。天井楼是好的。顶儿真高，不压着他的头。地也平，不绊着他的脚。楼下还有棵老槐，花能炒菜，也能酿蜜。

天井楼里哪儿都好，就是用水不便。接进天井楼里的水管、水龙头，要是正常工作，那才是完全的好极了。可它们也不晓得是从乱年头里的哪一年就开始荒废了，一个人不管它们，其他人就都不管它们。它们早锈成了八十岁的老太爷。

八十岁的老太爷是什么样子的？八十岁的老太爷，光吐痰咳嗽，一根灯草也不拿，多走一步都觉得对不住自己的岁数，轻易不干活儿的。

鳏夫决心向人学学修水管，先拿天井楼二楼的水管、水龙头练练手。等熟练了，他就将天井楼三层楼的水管、水龙头全都修一修。这样，楼里邻居们用水也便利。

对了，他还打算在天井楼周围挖一口水井，预防天井楼里紧急停水。水井得寻好位置挖，得远离那座茅厕。至少得离个百米远，才能保证井里的水沾不上尿粪味儿。

屋外有新邻居们搬家的动静，鳏夫给老旦炒了碗饭，就出来帮忙了。

住进拍卖师家那间房的新邻居，是一户外地人，也是个一家三口。

稍晚，天井楼三楼也搬来了户新邻居。

他们家鸡翅木的大塌子卡在二楼到三楼的把角儿上，上上不来，下下不去。还是鳏夫给搭的手，好容易才挣出来，再抬上去。

三楼的这位新邻居，身上老有股仁丹丸味儿，一看就是平时注意保养。他定了间窗户朝西的房。说是"定"，实则就是租。这三层整层的房子，就是这点怪，谁都能租用，但没人买得了。

新邻居慈眉善目的，向鳏夫道谢："谢谢哎……"

鳏夫："邻里邻居！鸡翅木的，不重。您手再抬一下，它就过来了。哎，不对，是左边这只手！过来了！先生是做什么的？"

新邻居："您给瞧瞧呢？"

鳏夫："'您给瞧瞧呢'，可不就是大夫嘛！"

老中医乐了："你行！"

鳏夫："哎！大夫，给看个病吧。是您正经房东，病了好一阵了！"

老中医："之前没请其他大夫？"

鳏夫："请了，都没用！"

房东？病了？这可是房东病了！

为了诊费与房租，老中医赶紧答应去瞧瞧。

况且，他与房东住在同一层，给房东瞧个病，也就是顺脚的事儿。

况且，他心里有数的。即便治不好房东的病，他也有本领叫房东相信，他治不好房东的病，绝不是他的医术不够高超，而是房东自己的命运本身不好。老天给定的你得病死，那谁治得了你？

整栋天井楼，就房东的这间屋子未修整。

房东秋天时死了儿子，听鳏夫说是举枪自杀的。房东的屋子里还塞着秋天里的花圈，五颜六色的，还没褪色，引得整间屋子凄凉得热热闹闹的。进来这间屋子的人，谁也不敢热闹，谁也不敢欢笑。

屋顶儿画了一片芒星，大的、小的、红褐色的，还顶好看。

可屋顶儿的中间怎么还漏风又漏雨的？

哦！是杀死房东儿子的那颗子弹，当时从枪膛里被放出，野狗似的直往外冲，一下子就将房顶儿给咬出一个洞。

一个秋天过去了，房东也不让人修房顶儿上的洞，任由这个洞再被风啊、雨啊、鸟啊的，越撕越大。

越撕越大的洞，后来就给房东白天抬头赏太阳，晚上抬头赏月亮了。

老中医跟着鳏夫进了房东的屋。

房东就这么坐在凳子上，盯着屋顶儿的洞瞧，仿佛那个洞是他的饭、是他的水、是他的觉。光有这个洞在，他就能酒足饭饱、子孙满堂、寿比南山。

房东的身子太病弱，像头给破鞍压住的瘦驴。老中医相信自己可以仅凭一根小拇指大的细人参，就将自己的房东活活敲死。

老中医一开始怎么可能认出房东呢？

还是掉在房东家炭炉边上的钢笔，做了房东的身份证。这支钢笔就是老中医的。

老中医记起来了，原来这个房东就是那个"壮如牲口的不是好人样儿"啊！

真是够巧的。才入秋的那会儿，倘若不是房东先打劫了自己的钢笔，自己也不必给他开出苦瓜与薏米仁儿"治病"，以作报复。

老中医去辨别房东的手脚灵活度，确认已经不灵后，他才敢将自己的钢笔捡起来，再插回自己的衣兜儿里。

鳏夫："可怜的孝心人。上无老，下无小。儿子一死，他脑子就不清楚了。现在瞧见哪个人画画，他就掉眼泪！他以前还爱赌，现在看到赌牌就号着拿头撞墙。"

房东："大鸟！大鸟！大鸟！"

老中医："哟！还真是！"

鳏夫："不是大鸟，是飞机吧？"

几十架飞往西洋的飞机，从房东屋顶儿的洞上，飞了过去。

那几十架飞机里头，装有司令与房东儿子的画。

司令的收藏

那时，拍卖师到底贩卖了多少假画给达官贵人，才给自己招来了灭门之祸呢？

其实他家被灭门，倒也不在假画卖了"多少"上，而在得罪了"达官贵人"上。

倘若他欺骗的是银行职员或学校教员，那么他至多遭遇极文明、极卫生的谴责与追讨。可他欺骗的是司令。

那天，司令请和尚进家做法会，请福是一方面，请人来瞧自己从嘉宝拍卖行拍来的古艺术、文化，才是大大的另一方面。

司令的祖上是卖烧饼的。后来祖宗们渐渐争气，到了他父亲这里，家族已经觉醒：

在时代的乱流之下，要想活好，是一定要丰富内在的。那么这个内在具体该怎么丰富呢？那就是他们家卖的饼里，一定要加馅儿了。

家里加了馅儿的烧饼，令司令肚子里的艺术与文化，大概有一簸箕。你要是拿粗眼儿的筛子一筛，司令肚子里的艺术与文化大概还剩一碗。等再过几遍细眼儿筛，那司令肚子里的艺术与文化，就还剩几颗稻米壳与小石子了。

所以，你该晓得，司令是真心且急迫地想接触古艺术与文化的。

那时，年头还很乱，司令好容易才给家里的那场法会东拼西凑出近百名大师。最小的那个和尚给培育在众多大师里头，本来该是最不起眼的，但到最后却是最叫司令五雷轰顶的。

那天，司令向来宾展览自己拍来的古艺术、文化，像展览亲儿子一样，一路牵着、拽着，哎哎哎你也来看看。

为免叫来宾瞧出自己的虚荣，司令不得不满含欢喜地将自己拍来的古艺术、文化骂得一文不值。

司令嘴上骂的，实则全是他心里等人上来夸的。你要谨记啊，常有老子嘴上骂儿子的，你可绝不能当了真，从而跟着老子一起骂他的儿子。你要真遇上老子骂儿子的事儿，你得赶紧骂老子不该骂他的儿子，那老子在事后才会拿你当自己人。

可倘若这个儿子，不是老子亲生的呢？

司令手里才入了一幅《万壑松风图》，是从嘉宝拍卖行"操作"来的。你晓得原本有多少人抢这幅《万壑松风图》呢？

为了得到这幅古艺术、文化，司令当时"操作"得很难，也向嘉宝拍卖行"操作"了不少钱。

但小和尚记得自己曾替师父老和尚，在他祖宗的坟里也挖出过一幅《万壑松风图》。

小和尚挖出来的那幅，焦黄，但没烟味儿，除此以外，那幅《万壑松风图》，跟司令手里的这幅《万壑松风图》几乎就一模一样了。

对！你也看出来了，是"几乎就一模一样了"。

小和尚本来也没想过自己在这场法会上，该或不该说些什么，他就没长那个脑子。

可法会上的宾客们，笑声越来越大了。笑司令的"古"字画、笑司令的"古"瓷器、笑司令的"古"青铜，笑司令的"古"艺术、文化与"当代的"祖宗烧饼。

对司令，大家都笑，也都防着。

后来，就连司令家院里那棵梧桐树上的鸟也瞧出来司令的宾客们在笑什么了。可它没什么良心与忠诚，它还给嘲笑司令的宾客们助兴呢，叽叽喳喳的。

司令不懂。

听着人与鸟的笑，司令还怪高兴的呢！

最终，就连法会上的白油蜡烛也瞧出来司令的宾客、梧桐树上的鸟笑的是什么了。但它是具有良心与忠诚的。它瞧不过去了，它跳起来咒骂司令的宾客与司令的鸟。

可司令还是什么也不懂。瞧着烛火闪耀，司令还怪尽兴的呢！

小和尚再不忍司令继续不懂了。

司令瞧着人还不错呢。小和尚的师父昨晚已悄悄死了，今天就小和尚一个人来了司令的法会。可司令还是付了小和尚双人份的十五块钱。

何止呢，司令笑起来，还顶像小和尚那个已悄悄死了的师父。

小和尚的善心又决心说话了，他得叫司令别再给人和鸟嘲笑了。

小和尚是悄悄将这桩心事当经念给司令听的。司令能请百十号的修行人来家里念经，这说明什么？这说明司令缺的就是听人念经！

小和尚料想自己以这样虔诚、平和的手法讲出他的心事，肯定能叫司令听出他的真心真意。

那天的后来，司令的别克车绕了全城十五六圈，累死了不知多少交通灯，司令也没叫车停下来。

嘉宝拍卖行的行长，嘴里堵着司令的枪，将司令带来的画，全都鉴定了十五六遍。

行长说了，司令拍的画，都是古艺术、文化。司令手里的枪往行长的嘴里再捅一捅，行长又说了，司令拍的画，确实都是艺术、文化，但也确实都不是古艺术、文化。

直至司令手里的枪，快顶到行长的后脑勺，行长才最终决定，将那个住在天井楼里的拍卖师，出卖掉。

行长还是惋惜的。

那个拍卖师其实很有能力与水平，最起码也是一辆别克车的能力与水平。

但他的能力与水平也仅限于此了，倘若他的能力与水平再高些，司令怎么会晓得他们拍给司令的画，其实都不是古艺术、文化？

那天晚上，司令的副官又给司令带回来一幅《牧马图》。

司令："杀了？"

副官："三口人，全杀了。"

神明在创造拍卖师一家时，大概在想心事，使得拍卖师一家全像冥纸糊的，副官打打就全碎。

"人哪，想解气，要么花钱，要么杀人！"司令撇开副官进献的《牧马图》，"你带这玩意儿回来干什么？有什么用？全他妈假的！"

副官："我的司令，只要是从您手里出去的，那就是真的！您是什么人？只要您说韩干的《牧马图》在您手里，那么旁人手里的真的，也只能是假的！"

副官是全心敬爱司令的，没替司令将花出去的冤枉钱从拍卖师家捞回来，他心里是要先司令一步不赞成自己的。他自认，自己有义务与必要，替司令从别的方面，将那些花出去当冤大头的钱再捞回来。

司令最终也确实听取了副官的宝贵意见。

他将手里的文化与艺术，当古文化、艺术，同自己和自己的钞票、银元、象牙、烟土、元宝、金条，一起塞进了那几十架飞机。

司令手里的画，不会是假的。

最终，小画家的画，没给人拿去包了金条、银元、铜钱，甚而擦了大腚。小画家的画，彻底当上了古文化、艺术，在将来，还要被放进博物馆里供人瞻仰。小画家他不肯都不行。

小和尚

小和尚的冬天是与旁人不同的。

他的冬天没有棉裤、棉袄，没有哈气、冻疮、煮在锅里的白菜豆腐、铺了厚褥子的暖炕，也没有呆滞和停止生长。

他的冬天是小草的、小花的、热的、闹的、冒白汽儿的、茂盛的、蹿个儿的、拽不住的、要咬住些什么的、要撕坏些什么的、要将整颗心放在大闷炉子上贴烙饼的。

最近，他头上的发楂要比从前扎手，两腮也比从前缺营养，紧贴着牙齿似的，鸡都啄不动，上唇长了一圈发灰的绒毛。整个和尚都丑了。

他的丑，活像个没长毛的小猴儿。不，得是活像个被饿了三天半、正举缸卖艺的、没长毛的小猴儿。

那是一股温良的、没脾气的丑。

该起来做早修了，小和尚起来洗脸，麻巾一抓，丑脸往里头一埋。

一张麻巾，道儿分两边，一点儿也不拉他的脸了，质地变得极松软，味儿也是奶香的。

奶香？怎么回事儿？小和尚怪弄不明白的。他将脸再往里边埋点儿。

嗯！怪！再埋点儿！嗯！还是怪！但，也不大怪了！

弃婴哭了。

弃婴从秋天到冬天长出的七斤肉，是小和尚一天天、一家家讨奶汁儿讨来的。

七斤肉，是弃婴与小和尚二人的共同造化。

七斤肉，多不容易呢！

七斤肉，好比给正赶工的火车头新添的百斤煤，是能叫弃婴的哭声较刚被捡回来时，更具火力与底气的。

小和尚开始收拾行李。

乱年头结束了。各人都找着家了，神明也归位了。城外的寺庙又做回了寺庙，而不做关人的监狱了。小和尚打算找个合适的日子，带着弃婴离开天井楼，回寺庙。

出家人，身外物本来就不多，能带回寺庙里的更不多，但日夜跪拜的佛龛一定不能忘。

小和尚去搬佛龛，才挪出来一丈远，一根金条打里边滑了出来……

——【完】